U0918716

LIANNENG DI-YI
YU CHENGLONG
廉能第一于成龙
藏書 EX·LIBRIS

山西廉政文化丛书

廉能第一于成龙

孙国强◎著

山西出版传媒集团
北岳文艺出版社
·太原

图书在版编目(CIP)数据

廉能第一于成龙 / 孙国强著. —太原:北岳文艺出版社,2023.12
(山西廉政文化丛书 / 邢利民,李骏虎主编)
ISBN 978-7-5378-6767-2

Ⅰ.①廉… Ⅱ.①孙… Ⅲ.①传记文学—中国—当代
Ⅳ.①I25

中国国家版本馆CIP数据核字(2023)第149967号

廉能第一于成龙

孙国强 / 著

//

出品人
郭文礼

选题策划
王朝军 赵 婷

责任编辑
庞咏平

书籍设计
张永文

印装监制
郭 勇

出版发行:山西出版传媒集团·北岳文艺出版社
地址:山西省太原市并州南路57号 邮编:030012
电话:0351-5628696(发行部) 0351-5628688(总编室)
传真:0351-5628680
经销商:新华书店
印刷装订:山西基因包装印刷科技股份有限公司

开本:787mm × 1092mm 1/16
字数:157千字
印张:14.5
插页:10
版次:2023年12月第1版
印次:2024年1月山西第2次印刷
书号:ISBN 978-7-5378-6767-2
定价:48.00元

《山西廉政文化丛书》编委会

目录

【生平小传】

于成龙（1617—1684），字北溟，祖籍山西省汾州府永宁州来堡村（今山西省吕梁市方山县北武当镇来堡村），出身永宁望族于氏，素以耕读传家。其父于时煌，别号龙溪，因科举不第，便以捐纳获从九品之京官“鸿胪寺序班”。但于时煌从未入京履职，长期隐居乡里，以教书授徒为业。

于时煌原配夫人田氏，育有二子，长子于化龙，次子于成龙。成龙尚在幼年时，田氏不幸病逝。稍晚，于时煌续弦再娶邻村女李氏。身为继母的李氏贤淑仁义，对前妻之子视如己出，格外怜爱。于家兄弟亦深知人情冷暖，对继母李氏十分孝敬。

于成龙青少年时代的读书生活，应该一直处于其父的严格督导之下。基于中国传统教育制度的设计理念，围绕经史子集各类书籍的海量阅读，一方面让于成龙汲取到足够的文化滋养，开阔了胸襟视野；另一方面也使他对传统教育的理念有了自己的理解和想法。他似乎并不愿意走父亲的老路，做一个成天只在书房咬文嚼字、吟诗弄赋的“宅男”。于成龙读书时喜欢思考，且善于归纳总结。在与父亲探讨儒家经典文本时，他将四书五经诸子百家的学问归纳起来，说无非“仁义礼智”四个字。这种话竟然出自一个懵懂少年之口，不能不让于时煌感到十分震惊和疑惑。

宋明以来的程朱理学，不仅被官方主流意识形态奉为圭臬，而且逐步形成了高度系统化的哲学及信仰体系。身居永宁儒林的乡绅于时煌，当然也十分重视对程朱理学的研学和传承。他让于成龙精读《二程全书》《朱子语类》等典籍，甚至要求他达到烂熟于心、倒背如流的程度。而年仅十七八岁的于成龙却显得颇为“另类”，对学理深奥的程朱理学有自己的解读，并将其核心思想高度提炼概括为“天理良心”。于时煌当然不能完全同意这种极具个性化色彩的观点，但此事亦足以让他对这个儿子另眼相看了。

于成龙在与父亲交流时，曾一本正经地讲了自己的一番心得体会，他说：“学者要识得道理，从头做去。诵咏呻吟，有何用哉！”这番话在于时煌看来未免有些少年轻狂，少不得也要揶揄几句。而于成龙却拿李白的诗《嘲鲁儒》说事儿：“鲁叟谈五经，白发死章句。问以经济策，茫如坠烟雾。”以此佐证死记硬背圣贤书，其实毫无意义。于成龙终其一生，坚持学以致用、理论与实践必须相结合的治学理念，坚信“学者苟识得道理，埋头去做，不患不到圣贤之地”。后来，他用一生治国理政的实践经验，对其治学理念做出了令人叹服的完美诠释。康熙皇帝曾在翰林院对大学士张英说：“你们做《理学论》，哪知两江总督于成龙是个真理学？”又说：“理学原是躬行实践。”可见康熙赏识于成龙，就是因为他不是那种死读书的“老学究”。

明崇祯十二年八月，二十二岁的于成龙，参加了在省城太原举办的乡试，俗称“秋闱”。乡试正榜题名者，即为中举。举人，古称孝廉，各省名额有限，好比千军万马过独木桥，竞争可谓相当激烈。

乡试开榜，于成龙名列“副榜”。“副榜”，又称“候补举人”，与正榜同日揭榜。副榜生员不能直接入仕为官，但可以以“贡生”的身份进入国子监深造。贡生在国子监学习期满，再经过吏部主办的考试筛选后，就可以被分配到各级衙门担任官职了。

于成龙后来没有进国子监读书，只是到礼部衙门办理了一个“依亲读书”的手续，然后就回到了永宁州。大概因为上有父母，下有妻儿，又生逢乱世灾年，于成龙实在无心在京城游学。而从后来全国风起云涌的严峻形势看，于成龙不去北京国子监读书的考虑，未尝不是一个明智的选择。

崇祯十七年二月，李自成的大顺军攻入山西，汾州、太原、大同相继失守；三月十九日北京陷落，崇祯帝自缢而亡，明朝统治宣告结束。然而，形势急转直下，“冲冠一怒为红颜”的吴三桂，联合清军在山海关一举击溃大顺军，并乘胜将李自成逐出北京。清朝摄政王多尔衮携幼帝福临入关，宣布迁都北京。

清顺治元年十月，清军占领永宁州。随着“剃发令”的强力推行，全国各地开始反清复明运动，但之后都在清军残酷镇压之下相继失败。这期间，山西战乱频仍，永宁州乃至汾州府屡遭兵燹屠城。直到顺治六年九月，包括永宁州在内的汾州府才最终走出了战争的阴霾。

顺治八年，又逢“秋闱”之年，三十有五的于成龙再次来到省城太原参加乡试。但此行依然出师未捷，张榜之日，于成龙名落孙山。

科场屡屡失意的于成龙，眼看已到不惑之年，却仅有个“副榜贡生”的功名。顺治十一年，已是“候补知县”的于家长子于化龙抱病而殁。中年丧妻、老年丧子的于时煌，倍感痛楚，一病不起。

顺治十三年，在老父于时煌的再三催促下，于成龙匆匆进京，参加了吏部的“公考”。张榜之日，于成龙名列前茅，从而获取了一个“候补知县”的头衔。

顺治十五年，整日为儿子前程操心劳神的于时煌，没有等到儿子光宗耀祖的日子，怀着万般不甘撒手人寰。于成龙忍悲含泪为亡父操办了丧事，并决定在家守孝三年。父殁兄亡，家道中落，此时的于成龙心力交瘁。身为一家之主，于成龙千般惆怅，万般唏嘘。长子于廷翼二十岁，次子于廷劢十一岁，三子于廷元年仅四岁，还有年迈体弱的寡母李氏，以及日渐憔悴的妻子邢氏，这老老少少都眼巴巴地指望着他撑起这个家呢。

顺治十八年早春三月，鸿雁传书，京师的好消息不期而至——吏部要掣签选官，结庐守孝三年的于成龙，仿佛看到了一线生机。拜别高堂老母，于成龙一路车马颠簸出了娘子关，心怀忐忑地来到北京，参加由吏部主持的掣签选官仪典。

此时的京城，街头巷尾、酒馆茶肆，人们私下里都在议论紫禁城里年初发生的变故。原来正月初七，顺治帝福临驾崩，朝中顿时乱成了一锅粥。正月初九，年仅八岁的皇三子爱新觉罗·玄烨即皇帝位，即康熙帝；四位重臣索尼、苏克萨哈、遏必隆、鳌拜成为奉诏辅政顾命大臣。

于成龙在掣签选官中，抽中的是远在数千里之外的广西。然而，更糟糕的消息很快得到证实，他被派到广西省最贫困的一个叫罗城的县做知县。据说，罗城一带的战乱刚刚平息，是一个众多族群杂居、民风彪悍的瘴疠之地。

从永宁到罗城六七千里路，一路之上人吃马喂、打尖住店所需的盘缠，家里一时拿不出来。于成龙只好与妻儿商议，典卖了一些房屋田产，总算凑了百余两银子。在村口老槐树下，于成龙与老母妻儿及街坊四邻洒泪而别，坐上雇来的骡车，带着四个随行仆人，开启了南下广西的漫漫路途。

顺治十六年才被纳入清朝版图的罗城县，是一座残破不堪的边陲小城。之前的两任知县，一死一逃，眼下的罗城正处于无政府状态。看着杂草丛生、简陋如茅庐草舍的县衙，于成龙这位从穷乡僻壤苦寒山坳里走出来的山西汉子，发出了痛彻心扉的悲叹："哀哉！此一活地狱也，胡为乎来哉！"

县城只有六户人家，县衙里剩下一主一仆，于成龙尽管内心足够强大，此刻也不能不有所动摇。他向柳州知府写信请辞，结果根本无人理睬。后来连仅剩的一个仆人苏朝卿也走了，只丢下于成龙独自坚守在罗城县衙。白日洗衣烧饭，夜里防备盗贼，可怜堂堂七品县太爷，无论厅堂厨房，凡事都得亲力亲为。

于成龙要想在罗城站稳脚跟，就必须先赢得当地百姓的广泛支持，解决多民族杂居、语言不通、互不信任等问题，让仫佬族、壮族、侗族、苗族、瑶族等少数民族民众认清形势，统一思想，心悦诚服地接受清朝的统治。

于成龙理清了思路，便着手逐步实施他的治理方略。一是在全县范围内推行"保甲法"，使家家户户联结成利害相互关联的"网格化单元"，并以保长、甲长层层分级管理，各司其职。二是颁布法令，严禁盗窃抢劫和持械群殴。对于那些无视官府律令，甚至明火执仗组织族群械斗的豪强恶霸，依《大清律》重罚严判，决不姑息。三是实施轻徭薄赋、休养生息的政策。对于以往征税时额外加收的“火耗”，坚决予以取缔。四是组织训练乡勇队伍，剿匪缉盗保境安民。五是鼓励百姓开荒养蚕，恢复经济繁荣。六是实施“区划户口食盐法”，降低百姓食盐成本，调动盐商积极性。七是平易近人，爱民如子，改善官府与各族百姓的关系。八是兴办学馆，普及教育，以儒家经典教化百姓。九是官府出资创办养济院，抚恤孤寡老人。

在一系列具有创新精神的地方政策发布并贯彻落实后，于成龙治理下的罗城县，在广西全省率先发展，开辟了社会稳定、经济繁荣、人民安居乐业的新局面。时任广西布政使金光祖，关注到罗城县翻天覆地的变化，十分高兴。

清康熙六年，五十一岁的于成龙，在罗城知县任上已经七个春秋。平心而论，无论肉眼可见的政绩，还是老百姓的口碑，于成龙在广西全省都是数一数二的。然而，因种种原因，这一年的官员考绩评语公布出来，于成龙却意外地落在了后边。已经升任广西巡抚的金光祖一眼就看出了其中的问题，立即把布政使和按察使召来训斥了一顿，让他们重新撰写于成龙的评语。金光祖又找两广总督卢兴祖商议，二人决定保举于成龙为当年广西全省的“卓异”。

当年八月，广西巡抚衙门的保举文书刚刚发出，京城吏部的一纸调令就到了广西。调令上写得十分清楚，因于成龙“边俸逾期”，也就是说在边疆工作的年限超过了朝廷规定的年限，所以决定把正七品的罗城知县于成龙，调到四川合州去担任知州。

四川合州（今重庆市合川区）下辖大足、武胜、铜梁三个县，上级部门是重庆府。合州知州，是从五品官员，年俸八十两纹银。有当地官员向于成龙汇报说，由于连年战乱，四川人口锐减，合州在籍人口实际只有一百余人；三个属县的知县均为空岗无人值守状态。于成龙名为一州之长，实际上却要管理包括合州在内的四县事务。可想而知，其公务之繁巨，比起罗城只怕有过之无不及。

于成龙上任伊始，首先面对的难题就是官府的财政赤字、入不敷出，甚至连官员的俸禄都久拖不发。于是，他这位新官上任的“头一把火”就在州衙大院里放起来，精兵简政，裁撤冗员，多余的衙役、轿夫、车夫一律下岗分流；“第二把火”是冲着上边烧的，凡是上级部门的无理摊派，一概拒绝；上级部门来合州考察指导，不摆酒宴，只吃工作餐。当然，于成龙对自己也足够狠，州官出行的车马仪仗尽数裁免，下乡劝农时只骑一匹骨瘦如柴的老马。

为进一步促进社会稳定和经济复苏，于成龙又制订了一系列法令法规：一是对移民合州的外籍人口一视同仁，保证户口随到随落；二是凡是在合州境内开荒种地者，一概免征三年徭役田赋；三是空置无人的房产，房主须限期回籍登记，过期不登记者，按无主房产处理，谁修缮归谁所有；四是愿来合州开垦荒地者，官府贷给其耕牛和种子，所开垦的田产，三年后即归垦荒者个人所有，后来者不得争抢；五是凡是举家迁来合州的家庭，政府决不强迫分门立户。

这些政策措施一经颁布落实，效果立竿见影，人们纷纷奔走相告，扶老携幼移居合州。于成龙治理下的合州，很快就出现了炊烟袅袅、鸡犬相闻的太平景象。

四川巡抚张德地对于成龙这个“老醯”稍有一点印象，但他万万没有想到，这个山西人竟如此了得，没用几天工夫就把个乱象丛生的合州治理得井井有条、人丁兴旺。

康熙七年冬季，一道朝命发至四川巡抚衙门，要求四川为紫禁城宫殿修缮工程提供巨型楠木。张德地把这个艰巨的任务交给了合州。于成龙愁得夜不能寐，急忙向张德地呈上《查采楠木详》的书札，提出查采楠木的方案，并为合州百姓请命呼吁。张德地同意于成龙的方案，并责成于成龙尽快实施。就这样，于成龙冒着严寒，带着手下人进了四川、云南交界的原始森林中勘查寻找楠木去了。为保证按时完成任务，于成龙整个腊月都在林海中奔波，连除夕之夜也是在山上破庙里度过的。

于成龙办完这趟皇差，不但受到四川巡抚衙门的通报嘉奖，张德地还为他向朝廷上表请功。第二年，吏部一纸公文传下来，于成龙奉命调任湖广省黄州府同知。

康熙八年初夏，五十三岁的于成龙来到车水马龙的湖广黄州码头。黄州府位于长江北岸，与武昌府隔江相望，下辖黄安、黄梅、麻城、罗田、蕲水、广济等八县。黄州府同知是正五品官阶，比合州知州高一级。同知公署不在黄州城里，而是在麻城县的歧亭镇，分管抚绥民夷、粮盐督捕、江海防务诸事。由于黄州地面上盗案频发，所以于成龙平时的主要工作就是擒贼捕盗，维持社会治安稳定。

于成龙在黄州治盗，主要采取的办法：一是充分利用"保甲制"，实行层层监督的"网格化管理"；二是微服私访，下沉基层，调查摸底，掌握第一手材料；三是以盗治盗，从内部分化瓦解盗贼团伙；四是严明法纪，违法必究，用铁血手段震慑黑恶势力；五是广泛开展社会宣传，崇贤兴教，以德化人，扭转社会风气；六是严以律己，以身作则。

在于成龙的不懈努力下，黄州府的社会综合治理工作收效显著，从而受到湖广总督和巡抚衙门的高度重视和认可。康熙十二年，湖广省"大计"。鉴于于成龙政绩突出，新任湖广巡抚张朝珍保举他为"卓异"。

康熙十三年早春二月，已经五十八岁的于成龙，带着二举"卓异"的喜悦，前往北京去吏部述职。吏部很快就核准了于成龙的"卓异"。此时平西王吴三桂反清，从云贵分兵两路，北路剑指川陕，东路直逼湖广。

三月初，刚从北京回到黄州的于成龙，忽然接到巡抚衙门的调令，让他速去武昌代理武昌知府，任务是襄办军需戎务。

于成龙三月九日赶到武昌，又忽闻吏部要调他任福建省建宁府知府。湖广巡抚张朝珍立即上奏，请求改任于成龙为武昌知府。当时湖广战事吃紧，清军云集长江沿线备战，张朝珍急需得力的人来操办冗繁杂巨的军务后勤工作。

四月的江南，阴雨绵绵，于成龙冒雨前往咸宁、蒲圻两县修造桥梁。江水湍急，白浪汹涌，好不容易修好了咸宁桥，于成龙又得赶到蒲圻修桥。蒲圻这边修桥的难度较大，工期又短，无奈之下，于成龙决定搭建一座浮桥。蒲圻这边浮桥刚刚完工，突然传来消息说，咸宁那座新修的桥被洪水冲垮了。当时恰好有一位将军要率部过咸宁桥。眼看部队过不了江，将军火冒三丈，以贻误军机为由要求惩办修桥的官员。此事不仅惊动了湖广督抚衙门，而且还引起朝臣非议，结果于成龙被问罪革职。

张朝珍深知于成龙内心的委屈，便让他以戴罪之身暂留武昌巡抚衙门协理公务。这时黄州大乱，麻城县人刘君孚，串通湖北大冶人黄金龙，五月十五日在曹家河举兵反清。之后，麻城东山的“蕲黄四十八寨”闻风而动，瞬间形成燎原之势。考虑到于成龙在黄州极有声望，张朝珍决定派他前往黄州“招抚”。

于成龙果然不负众望，仅带两名衙役，就上了东山刘君孚的山寨。刘君孚曾在于成龙手下当过差役，一向敬重于成龙。看于成龙诚心招抚，刘君孚当即决定下山投诚。于成龙不敢大意，立即着手招抚事宜。哪知按下葫芦起来瓢，七月九日，黄金龙、方公孝等又在黄冈县李家集举旗造反。七月二十五日，于成龙组织官兵乡勇进剿，仅用六天就平定了叛乱。与此同时，吏部传来消息，令于成龙官复原职，出任黄州知府。

十月，吴三桂兵锋逼近湖北，山寨势力死灰复燃，黄州危在旦夕。于成龙一面吁请援兵，一面亲率乡勇应战。一场鏖战，空前惨烈，于成龙手执宝剑，冲锋陷阵，独自“手刃四十八人”。战后，他招抚残敌，妥善处理善后事宜。

康熙十五年十月，于成龙继母李氏病故，于成龙呈请“丁忧”辞归。巡抚张朝珍考虑到黄州的局势，正是用人的时候，遂上奏朝廷让于成龙“夺情任职”。忠孝不能两全，于成龙只得含泪遥祭亡母孤魂。

康熙十六年，于成龙升任下江防道道台，驻防蕲州，专管军事防备。一年之后，康熙“特简”，提拔于成龙为福建按察使。康熙十八年春天，于成龙抵达福建省会福州，就任福建按察使。于成龙在福建按察使任上主要做了五件大事：一是平反冤案，释放了数千名因“通海”罪名被拘禁的百姓；二是简讼省刑，防范州县官员利用打官司营私舞弊；三是整风肃纪，严惩作奸犯科的官员；四是提升效率，以风火雷三催号票督办公务；五是解放奴婢，募捐集资赎买被掳人口。

于成龙上任福建按察使仅数月，声望政绩就已十分突出。当年九月，福建总督姚启圣和巡抚吴兴祚，联名保举于成龙为福建省的“卓异”。这是于成龙第三次举“卓异”。

十月下旬，于成龙升任福建布政使。在福建布政使任上，于成龙又做了四件大事：一是为巡抚出谋划策，努力维稳福建大局；二是率先垂范，为福建官场树立风清气正的廉洁标杆；三是借米平市，从他地借米平抑泉州米市价格以渡难关；四是免征莝夫，两次上书康亲王杰书，要求免征为八旗兵铡草喂马的莝夫。

康熙十九年三月，于成龙获康熙“特简”提拔为直隶巡抚。为天子守国门、掌管京畿重地的直隶巡抚，非皇帝倚重之臣不能任其职。于成龙在直隶推行新政：一是整顿各级衙门，严惩贪官污吏；二是明令禁止各级衙门收取“火耗”；三是狠刹官场请客送礼之风；四是明确事权，严禁越权干政行为；五是坚决打击贩卖人口的行为；六是打击盗窃、赌博和卖淫嫖娼行为；七是倡导节俭，反对奢侈浪费；八是倡导植树造林、兴修水利、劝课农桑；九是明令严禁各级官吏挟怨报复，互结冤仇；十是调研灾情，缓征赋税，动用国家储备粮救济灾区；十一是大力推行保甲制，动员全民弭盗。

康熙二十年，六十五岁的于成龙两次觐见康熙皇帝。第一次是二月五日，于成龙奉诏入觐，康熙称赞于成龙说：“尔为今时清官第一。”并赏赐给他帑银一千两、御马一匹。第二次是九月十日，康熙在雄县视察时，于成龙到行宫觐见。康熙赏赐诸臣御膳，另外赏了于成龙银鼠褂和马奶酒。

康熙二十年冬，“三藩之乱”结束，社会日渐稳定，于成龙向康熙请假回乡葬母，康熙恩准他三月假期。康熙二十一年三月，于成龙从保定巡抚衙门起程，轻车简从赶回故乡葬母，这才了却他多年来的夙愿。

这时的于成龙心下早已萌生退隐之意，哪知又有诏命下来。康熙二十一年，皇帝诏命，任于成龙为两江总督兼兵部尚书、都察院右副都御史。于成龙明白，皇恩如此浩荡，他只有用“犬马余年”来“图报圣恩”了。

康熙二十一年四月，于成龙、于廷元父子乘一辆骡车，不声不响地进了江宁城里的两江总督衙门。于成龙做两江总督整整两年，三省公务之繁杂，肩上责任之重大，令其身心俱疲。

于成龙在两江总督任上大力推行新政，深受百姓拥戴。新政的主要内容有：一是反对穷奢极欲、铺张浪费，倡导勤俭节约；二是大力整顿社会治安，重拳打击黑恶势力；三是不拘一格选拔重用德才兼备者；四是严禁衙门收取“火耗”、送礼、私派、滥差等非法勾当；五是倡导宽容忍让、和谐融洽的社会氛围和人际关系；六是兴学重教，为国家培养造就有用之才。

于成龙在两江地区的新政，触碰到以明珠为首的官员的利益，从而招致对方的报复。康熙二十二年十月，副都御史马世济弹劾于成龙年老糊涂、受人欺蒙。此事导致于成龙受到降五级留任的处分，这个处分直到他去世后才被撤销。

康熙二十三年初春，六十七岁高龄的于成龙再次上奏，恳请退休，但未获准。四月二十八日清晨，抱病坚持工作的于成龙，逝世于两江总督衙门的公案前。噩耗传至北京，康熙十分痛惜，赐谥“清端”，并决定按从一品大臣的规制为其举行隆重的葬礼。七月，于成龙的灵柩从江宁启运回永宁州家乡时，江宁官民数万人哭送二十余里。

【廉能第一】

一、风雷激荡生逢兴亡巨变

明崇祯十七年三月，太原失陷，京师震动，告急的文书如雪片般纷至沓来。内忧外患，血雨腥风，大明帝国在风雷激荡中正面临着土崩瓦解。此时，一直虎视眈眈的清兵乘机挥师入关，一举夺取了朱氏两百多年的江山社稷，让17世纪中叶的神州大地经历了一场三百年未有之大变局。

明朝万历四十五年八月二十七日丑时，一声响亮的婴儿啼哭，打破了山村寂静的夜空，山西汾州府永宁州下昔乡来堡村乡绅于时煌的妻子田氏，生了一个喜眉笑眼的儿子。

于时煌看着产后一脸疲惫的妻子，又看看襁褓中嗷嗷待哺的儿子，脸上却没有一丝笑意。不是因为家里多添了一张嘴，生活上有什么压力，而是他觉得这孩子有点生不逢时。在他看来，眼下时局动荡，内忧外患，民怨沸腾，已经立国二百四十余年的朱明王朝有点摇摇欲坠、朝不保夕的意思。当然，这些个思忖忧愁，于时煌一直深藏于心底最隐秘处，对谁也不曾吐露半个字，包括与他最亲近的妻子。

于时煌之妻田氏，为人贤淑仁慧，通情达理，手脚勤快，干活麻利，又懂得孝敬公婆长辈，是来堡村里人人夸赞的贤妻良母。田氏盘腿坐在火炕上，一边抱着孩子喂奶，一边爱怜地看着孩子的小脸儿。忽然，她有些怪异地说："他爹，你快看咱家二小的眉眼像谁？"

于时煌连忙凑近端详了一番，心里疑惑，琢磨着："像……谁？"

"像不像咱家祠堂里挂着的老祖宗？"田氏悄悄地问。

于时煌先是一惊，忙道："别乱说，祖宗神灵看着咱呢！"

一句话把个田氏吓得脸色陡变，忙闭了嘴。她赶紧默默祷告："祖宗神灵在上，且恕晚辈不孝……"

少顷，于时煌又对儿子反复端详了一番，方对田氏窃窃私语道："别说，这娃的面相，还真与先祖有那么几分相似。"

田氏说的"于家老祖宗"，是永宁于氏族谱里声望最为显赫的一位先人，名叫于坦。这位于氏先祖，是明朝宣德年间生人，大约是于成龙的十世祖。与于成龙同时代的陈廷敬认为，于成龙正是于坦的后人。他在《于清端公传》中记载："先世仕明者讳坦，有声，弘治朝官至大中丞。"

于坦在明景泰年间中举，后来又高中进士，从此平步青云，从"行人""工部员外郎"一直做到正三品的"大中丞"。而据《永宁州志》记载，于坦的官职是"巡抚"，但具体是在哪里任巡抚，并没有记载。于坦晚年功成身退，衣锦还乡，回到永宁州老家颐养天年。

于坦对永宁州和于氏家族而言，都近乎神一般的存在。所以，田氏一嫁到于家，就对这位先祖格外敬重。每逢年节祭祖时，她都要跪在于坦像前默默祷告，乞求先祖保佑家人安康，祈祷自己的孩子也像这位先祖一样能金榜题名、光宗耀祖。

田氏见丈夫脸上云开雾散，悬着的一颗心也就放了下来。她一边给孩子换尿布，一边随口说："他爹，那你给咱二小琢磨着起个名儿吧！"

于时煌想了想，说："老大叫化龙，这老二也得有出息，就叫成龙好不好？"

"望子成龙，这个彩头好！他爹，这娃就叫成龙吧！"田氏对这个名字挺满意。

于时煌又说："龙王爷不离水龙宫，这两个小子命中离不得水，老大字南溟，老二的字，就叫北溟可好？"

田氏笑了："咱家这两条龙，一南一北管着两个大水池，以后咱永宁州再也不缺水了。"

田氏的话很朴实，却把于时煌给逗乐了。夫妻俩有说有笑，倒也其乐融融。

永宁州旧名"石州"，明朝初年隶属太原府，隆庆元年才更名为"永宁州"。万历二十三年，永宁州改属汾州府。永宁州地处天险要冲，自古就是兵家必争之地，每逢战乱，常遭兵燹。

于氏先祖,起初居住在"石州白霜里"（今属山西省柳林县）。大约在隆庆年间，于成龙的三世祖于素为避战乱，举家迁至北武当山下的来堡村。

永宁于氏家族，号称"右族"，可以说是家境优渥的地方望族。封建时代，这样的大家族一般都有"耕读传家"的传统，一方面坐拥阡陌纵横的肥田沃土，另一方面也怀抱"朝为田舍郎，暮登天子堂"的人生梦想。通过科举跻身主流社会的人生模式，激励着一代又一代于氏子弟。他们无怨无悔地寒窗苦读，走上皓首穷经的道路。

深受家族文化熏陶的于时煌，自然也不例外，他的人生梦想也是有朝一日能金榜题名。但科举这条路实在太坎坷，于时煌屡屡受挫，之后便选择与命运和解——即以捐纳的方式获得功名。他捐的官是"鸿胪寺序班"，是个从九品的官职，大概属于鸿胪寺的基层官员，而且只占编制不领俸禄，所以也无须入京履职。于时煌有田产祖业，生计自然不愁，还可以开馆授徒贴补些家用。

于成龙的生母田氏，体弱多病，在于成龙还未启蒙时便去世了。后来，于时煌又续弦娶了李氏。李氏为人贤淑，心怀仁爱，虽为继母，却对田氏的两个孩子视如己出，于成龙对这位继母怀有很深的感情。

天启七年八月，年仅二十三岁的明熹宗朱由校驾崩，他十七岁的弟弟朱由检继承帝位，即崇祯帝，大明王朝的最后一位帝王。万历以来，明朝社会积累了太多的问题和矛盾，对于年轻的崇祯皇帝，朝野上下并不报多少期待。然而，这位少壮派帝王却在不动声色中，一举拿下了权倾朝野的魏忠贤集团，彰显了其高超的政治智慧和霹雳手段。之后，崇祯的所作所为，也酷似一位励精图治的中兴帝王，许多人也都把挽救危局的希望寄托在这位皇帝的身上。但理想很美好，现实很骨感，崇祯不仅没能挽狂澜于既倒，而且还将大明王朝带入了万劫不复的深渊。

崇祯八年春天，于时煌正忙着给十九岁的于成龙操办婚事，忽闻闯王高迎祥召集十三家七十二营农民军首领在河南荥阳会师。风雨欲来风满楼，熟读经史的于时煌，隐隐有一种不祥之感。他心内思忖：难道这二百七十多年的大明王朝气数将尽？莫非改朝换代的惊天巨变即将上演？可能吗？每念及此，于时煌就惶惶不可终日。两个儿子眼看着就要参加科举，可偏偏又遇上这兵荒马乱的多事之秋，别说读书科考求取功名，只怕此后衣食无忧、儿孙绕膝的太平日子也未必能够长久。

崇祯十二年八月，二十三岁的于成龙，参加了在省城太原举办的乡试，俗称“秋闱”。乡试正榜题名者，即为举人。举人，古称孝廉，各省名额有限，竞争可谓相当激烈。

乡试开榜，正榜在贡院大门外发布，看榜的考生个个神情紧张。于成龙榜上无名，心情顿时一落千丈。忽然，清源考生王吉人在“副榜”中发现了于成龙的名字。乡试“副榜”，又称“候补举人”，与正榜同日揭榜。副榜生员不能直接入仕为官，但能以“贡生”的身份进入国子监深造。贡生在国子监学习期满后，若通过吏部主办的考试，就可以到各衙门任职了。能中“副榜”也不容易，这样打道回府虽说没大光彩，但好歹也算有个交待。

于成龙后来并没有进国子监读书，办了一个“依亲读书”的手续，便回到了永宁州。大概因为上有父母，下有妻儿，又逢乱世灾年，于成龙实在无心留在京城游学。而从之后全国风起云涌的严峻形势看，于成龙不去北京国子监读书的考虑，未尝不是一个明智的选择。

崇祯十七年是中国政治史上风雷激荡、变幻莫测且颇为戏剧化的一年，政治舞台上演出的剧情之曲折、角色之繁复，令人眼花缭乱、目不暇接。这一年正月，李自成在陕西西安建立大顺政权后，挥师北伐。同年，清廷拥立六岁的福临继承大统，是为顺治帝。清摄政王多尔衮给李自成写信，提出“欲与诸公协谋同力，并取中原”，企图拉拢李自成合力灭明。但很快清朝改变了主意，因为此时的李自成已率部渡河直取北京。

二月初春，李自成的大顺军攻入汾州府，随即分兵直取永宁、石楼、宁乡等州县，永宁州守将崔有福开门出降，归顺了李自成。大顺军占领太原后兵分三路，李自成亲率主力向北进发，一路攻城略地、势如破竹，攻取雁门关、宁武关、大同、宣府、居庸关、昌平，三月十七日便兵临北京城下。城外的明军望风而降，方寸大乱的崇祯皇帝无奈令三千太监登城抵抗。三月十八日夜，崇祯最信任的心腹太监曹化淳打开了彰义门，北京内外城相继失守。崇祯帝出城未果，返回大殿鸣钟召集百官，却没有一个人前来。崇祯万般无奈之下，跑到万岁山（煤山）含恨自缢。朱明王朝二百七十六年，历十六位皇帝，崇祯之死宣告了大明王朝最后的大结局。

然而，情势急转直下，在紫禁城奉天殿龙床上还没坐稳的李自成，万万没想到，之前准备归顺的辽东大将吴三桂“冲冠一怒为红颜”，联合清军在山海关一举击溃大顺军，并乘胜将大顺军逐出了北京。与此同时，多尔衮率兵携幼帝福临入关，并宣布迁都北京。

永宁州守将崔有福，听说大顺军兵败，便立即把李自成派来的州官及随员逮捕拿办，同时组织人马粮草，防备大顺军再来攻城。大顺军闻讯，很快包围了永宁城。崔有福率军民据险守城，与大顺军激战二十余日。最后，永宁州城破失守，崔有福趁乱潜逃。大顺军入城后，纵兵烧杀，仅死难的读书人就达一百七十多人。

十月深秋，清军的铁骑沿着河谷杀进了吕梁山，大顺军抵抗一阵后弃城而走，清军占领了永宁州。之后，清廷强力推行“剃发令”，引发全国范围内的反清复明运动。在此期间，汾州府屡遭兵燹屠城。直到顺治六年九月，包括永宁州在内的汾州府才最终走出了战争的阴霾。

二、山河破碎不弃耕读传家

于成龙百无聊赖，喝了两盅闷酒，吟道："伤心秦汉经行处，宫阙万间都做了土。兴，百姓苦；亡，百姓苦。"这是元人张养浩在《山坡羊·潼关怀古》中的怀古感时之叹。面对国毁君亡之下的破碎山河，于成龙心如刀绞、痛不欲生，终日自闭书斋、沉思不语……

耕读传家

眼看着国无宁日、家道中落，再加上科场不顺、前程暗淡，于成龙实在苦闷。但即使是最艰难绝望的时候，他也没有忘记“耕读传家”的传统。

“耕读传家”是中国数千年农业社会的理想化人生范式，也是农本主义“耕者有其田”思想的集中体现。“耕读传家”里所谓的“耕”，意味着拥有土地，有生活保障，其内涵十分广泛，绝不仅仅是耕田种地这样一种狭义的解释。事实上，能够以“耕读传家”作为人生信条或把它写在匾额上的人家，往往都是田连阡陌、衣食无忧的乡里望族。在中世纪的农业文明社会，“耕读传家”既是一种人生理想，同时也是一种社会理想，因为无论“耕”还是“读”，都需要在稳定的社会环境下才能实现。就拿追随李自成起义的牛金星、李岩二人来说，他们原本都过着锦衣玉食、吟诗弄赋的高品质生活，如果明朝不出现巨大的社会动荡，作为家有田产、腹有诗书的明朝知识精英，“耕读传家”大抵就是他们生活的状态。但是，李自成的出现，打破了他们的安逸人生，他们也只能在汹涌澎湃的时代洪流裹挟下走向吉凶未卜的未来。而与牛金星、李岩身处同一时代的于时煌、于成龙父子，虽然不曾经历什么人生悲剧，但巨大的社会动荡，不仅打乱了他们原有的生活状态，而且也让他们的人生轨迹发生了重大的改变。

于成龙坚信“耕”与“读”是一个人安身立命的根本，也是家族血脉和家国文脉得以千古传承的基石。之后，他在《于氏宗谱·治家规范》里说："有田之家，率其佃仆及时耕种，及时耘耨。宁先时，毋后时。仍不时亲身董率，勿自家懒惰，委之家人。"这番苦口婆心的话语，显然是对那些身担"耕读传家"责任的精英阶层的规劝。他知道，许多农家子弟一旦凭借读书脱离了农耕生活，就再也懒得去田间地头看一眼庄稼。在如何读书的问题上，于成龙也有一番深思熟虑。他说："族人不知读书之乐，侥幸博一青衫，自以为万事皆足。至于科第一节，皆诿之于阖郡风水。不知发过先达，尽系读书之人。"他对于氏家族子弟的要求更为具体："愿我家子弟破除积习，做童生，下一番苦功望进学；做秀才，下一番苦功望中举。"由此可见，于成龙对于"耕读传家"四个字，不但感悟深刻、理解透彻，而且始终坚持身体力行。

天理良心

于成龙的少年时代，应该一直处于其父严格的督导之下。基于中国传统的教育理念，围绕经史子集的海量阅读，一方面让于成龙汲取到足够的文化营养，开阔了胸襟视野；另一方面也促使他对传统的教育理念有了自己独到的理解。他似乎并不愿意走父亲的老路，做一个只在书房咬文嚼字、吟诗弄赋的"宅男"。在与父亲交流学问时，于成龙曾一本正经地讲了自己的心得。他说："学者要识得道理，从头做去。诵咏呻吟，有何用哉！"在于时煌看来，这番话未免有些少年轻狂，少不得也要揶揄几句。而于成龙却拿李白的诗《嘲鲁儒》反驳说："鲁叟谈五经，白发死章句。问以经济策，茫如坠烟雾。"在他看来，死记硬背圣贤书，其实毫无意义。

读书时，于成龙喜欢思考，且善于归纳总结。在与父亲探讨儒家经典要义时，他将四书五经诸子百家的学问归纳为"仁义礼智"四个字。这种话竟然出自一个懵懂少年之口，不能不让于时煌感到十分震惊和诧异，甚至让他有点怀疑人生了。

宋明以来的程朱理学，不仅被官方主流奉为圭臬，而且已逐步发展成为高度系统化的哲学体系。身居永宁儒林的于时煌，当然也十分重视对程朱理学的研学和传承。他让于成龙精读《二程全书》《朱子语类》等典籍，并要求他达到烂熟于心、倒背如流的程度。此时于成龙已成年，对学理深奥的程朱理学有自己的解读，并将其中的核心思想概括为"天理良心"。于时煌显然不能完全同意这种极具个性化的观点，但亦足以让他对这个儿子另眼相看了。于时煌深感困惑，儿子的这番高谈阔论，怎么跟一百多年前那个离经叛道、自说自话的王守仁（又称"王阳明"）如出一辙呢？

事实上，于成龙深受明朝心学大师王守仁"知行合一"思想的影响。明成化八年，王守仁生于浙江余姚一个"耕读传家"的豪门望族，其父王华是状元出身，曾官至吏部尚书。五岁才开口讲话的王守仁，才华横溢。十几岁时，他对私塾先生说："科举并非天下第一等要紧事，读书做一个圣贤之人，才是天下最要紧的。”王守仁二十岁中举，平日偏爱谈兵论武，射箭竟能百步穿杨。王守仁考进士很不顺利，两次“会试”都名落孙山。王华劝儿子不要沮丧，来年再考必中。王守仁却一笑置之，说：“你们以不登第为耻，我以不登第却为之懊恼为耻。”王守仁后来成为明代心学的集大成者，“姚江学派”的领军人物。他认为学以“心”为宗，提出“心即理”的命题，认为“良知”即“天理”，强调人应该从内心去体察天理。

于成龙终其一生，坚持学以致用的治学理念，坚信“学者苟识得道理，埋头去做，不患不到圣贤之地”。后来，他用一生治国理政的实践经验，对其治学理念进行了令人叹服的诠释。

读书安国寺

谈到于成龙的求学生涯，就不能不说到安国寺，因为于成龙曾在安国寺读书，前后算下来有六年之久。安国寺，原名安吉寺，坐落于山西省吕梁市离石区乌崖山麓的一个石洼里，始建于唐贞观十一年，曾为唐代宗女儿昌化公主的食邑。

安国寺依山而建，坐北朝南，共有四处院落，有殿宇禅房相连，大雄宝殿的木构为元代风格，多处留存唐代遗风。偏院又称清静处，有于清端公祠，楼上是关帝阁。后院是古刹禅院，环境幽雅，建有于成龙读书楼，还有洞宾楼、万佛阁等。于成龙之孙于准，在《重修安国寺碑记》中说：

先王父清端公为诸生日，苦志静修，尝下帷于僧舍东楼。时寺僧纯天者参禅而通儒，与先王父朝夕谈心，遂称为方外交云。

由此可知，于成龙在安国寺读书期间，与僧人纯天过从甚密，二人思想交流的话题，主要是佛学和儒学。

于氏家族与寺庙的关系，有很深的渊源。于渊在河南永宁县、卢氏县做知县时，就曾热衷修建寺庙。于坦辞官归隐后，一直是安国寺最大的施主之一。而于氏后人给寺庙的捐纳，几乎不曾间断。当然，于氏家族除了捐资修庙以外，还在赈济灾民、抚恤孤寡等方面做了许多事。在佛教因果报应思想的熏染之下，青年于成龙逐渐形成了善恶分明、终必有报的世界观。

于成龙在安国寺读了六年书，除了儒家经典、程朱理学之外，还翻阅了大量佛教经典，从中汲取了不少佛家思想和智慧。比如于成龙在《于氏宗谱·治家规范》中说："聪明人每多刻薄，则暗中亏折了许多福分。常见尖颖之人，终于落薄；庸庸之人，反享厚福。"作为封建时代的知识分子，于成龙头脑中存在一些因果报应的观念，反映了他在许多重大问题的认知上，终究无法超越时代的局限。

三、学以致用冲破思想樊篱

汉族士大夫阶层对于清兵入关这件事，一直抱着深深的戒备和敌意。饱读圣贤书的于成龙，当然也不例外。强烈的民族自尊意识，犹如一道难以逾越的思想藩篱，让他一时之间难以接受这残酷的现实。

学以致用

顺治二年六月，清廷颁布“剃发令”，使本就对立的民族矛盾更加尖锐，全国反清复明的斗争一时高潮迭起。二十九岁的于成龙，面对易服剃发、留发不留头的“剃发令”，感到前所未有的屈辱和深切的痛苦。

清初的“剃发令”，与传统文化中“敬天法祖”观念发生了直接冲突，直接导致汉族人民的以死反抗。具体说，这种冲突主要集中体现在三个方面：其一，身体发肤受之父母，不得无端损伤，否则便是不孝或悖逆。其二，中国古代有一种叫“髡刑”的刑罚，是将犯人的头发全部或部分剃掉的刑罚，是一种耻辱刑。在儒家思想影响下的汉族人看来，把头发剪了，无异于死亡。其三，剃发还会让汉族人联想到削发为僧，其中意味着背弃祖宗和家族责任。发式问题包含着如此多深层的民族文化心理，可谓牵一发而动全身，从而导致大规模的激烈反抗。

比于成龙年长十岁的太原名士傅山，就是“反清复明”运动的主要参与者和推动者之一。傅山生于明万历三十五年，十五岁时参加童生考试，被录为博士弟子员（秀才）。傅山家学深厚，祖上治学诸子或《左传》《汉书》而卓然成家者颇多。傅山曾就学于三立书院，受教于以“鲠直”著称的山西提学佥事袁继咸。袁继咸讲求文章、气节的教育，对傅山影响很深。傅山与顾炎武、黄宗羲、王夫之、李颙、颜元等人被梁启超称为“清初六大师”。他们都不愿接受改朝换代的现实。

北京失守后，傅山写下了“哭国书难著，依亲命苟逃”的悲痛诗句。为表达对清廷剃发令的不满，他拜寿阳五峰山道士郭静中为师，着红色道袍，号“朱衣道人”。因“朱衣”一词有影射朱明王朝的意味，清顺治十一年，傅山受河南宋谦案牵连，获罪入狱。虽经严刑拷问，傅山始终未招一字，最后被无罪释放。之后，傅山隐居于太原城南的松庄，自号“松侨老人”。清康熙二年，顾炎武到了太原松庄，与傅山相识。两人相见恨晚，过从甚密。这期间，傅山还与申涵光、孙奇逢、李因笃、阎尔梅等坚持抗清立场的文人墨客交往密切。

于成龙不仅久闻傅山大名，而且还看过傅山的文章，对傅山的某些观点主张十分赞成。傅山反对程朱理学空谈义理、复古派脱离现实的文风，主张文章要经世致用，重视文章的社会作用。就连唐宋两代的一些古文大家，傅山也有批评之语：“韩、柳、欧、苏，文章妙矣，然终觉闲话多。”明代以来，八股取士制度的推行，把许多有能力有作为的莘莘学子，都引入追求功名利禄、脱离社会生活的樊笼中，傅山对此深恶痛绝。他在《书成宏文后》中指出：“仔细想来，便此技到绝顶，要他何用？文事武备，暗暗底吃了他没影子亏。要将此事，算接孔孟之道，真恶心杀！真恶心杀！”这可以说是明清之际，时人对八股取士制度最现实、最尖锐的批评了。

傅山对中国历史上的两类知识分子做了比较：一种是实操型政治学者，如三国时自比管仲、躬耕南阳的诸葛亮，真正做到了

“穷则独善其身，达则兼济天下”；另一种是空谈型政治学者，无论治世乱世，皆以空谈误国误民。傅山把后一种人称为“文章士”，并指出这种人写的“文”只能用于自我标榜，而绝无“经世致用”之功效。理学家们把主张“文以载道”的韩愈作为“文章士”的代言人，但傅山不以为然，并撰文加以批驳。他说韩愈不仅有气节操守，而且还有政治军事才能，在国家处于危难的时刻，能够挺身而出，救国于水火，拯民于倒悬。这样的人才是真正具备经世致用学问和能力的国家栋梁。

于成龙不愿做夸夸其谈的“文章士”，一心要做对国家、对百姓有切实帮助的人。所以，他对傅山的文章人品都十分赞赏，甚至希望有朝一日能够登门拜访这位大贤，亲耳聆听他的教诲。于成龙与傅山二人同处一个时代，又同在山西文人的圈子里，按说彼此相识或发生“交集”的机会应该非常多，但迄今为止并没有历史文献能佐证二人曾经有机会“同框”。清人李元度在《国朝先正事略》中说，于成龙“公状如乡里学究，而用兵如神，尤善治盗……”由此可以看出，于成龙是一个不图虚名、不讲穿戴，唯独重视真才实学的人。

清王朝以武力镇压“反清复明”运动的同时，也清楚地意识到，要想让广大汉族人民接受其统治，从而建立起稳固的政权，就必须扮演儒家道统捍卫者的角色，将人们的思想观念纳入有利于清朝统治的轨道上来。清朝统治者把程朱理学作为官方哲学，以此对冲汉族士大夫阶层的民族主义思想防线，从而建立起满族贵族统治的等级秩序。

康熙皇帝从“知行合一”的观点出发，提倡学以致用，言行一致。他强调指出：“学问无穷，不徒空言，惟当躬行实践。”他结合自己读书的体会说：“明理最是紧要，朕平日读书穷理，总是要讲究治道，见诸措施。故明理之后又须实行，不行，徒空谈耳。”又说：“理学之书，为立身根本，不可不学，不可不行……若以理学自任，必致执滞己见，所累者多……凡人读书，宜身体力行，空言无益也。”由此可见，康熙所追求的是“知”和“行”的高度统一。在“知”和“行”之间，康熙特别强调“行”的重要性。他甚至说：“凡事言之非难，行之维难”，“毕竟行重，若不能行，则知亦空知”。他把是否可“行”作为判断真假理学的标准，指出：“朕见言行不相符者甚多，终日讲理学，而所行之事全与其言悖谬，岂可谓之理学？若口虽不讲，而行事皆与道理符合，此即是真理学也。”针对当时文人高谈阔论、脱离实际的毛病，康熙嘲讽说：“平时读书，至临大事，竟归无用”，“所读何书？所学何事耶？”有一次，康熙皇帝亲自主持考核词臣，其中有一位理学名家洋洋洒洒地写了一篇《理学真伪论》，夸夸其谈地大讲理学之真假虚实。康熙皇帝阅后，便以于成龙为例，讲了一番朴实无华的道理。他说：“理学无取空言。如于成龙不言理学，而服官至廉，斯即理学之真者也。”作为有清一代有思想、有担当、有抱负的大政治家，康熙皇帝在清初“经世致用”之学的兴起中，发挥了重要的作用。

冲破思想樊篱

当时能够对于成龙政治思想等产生重大影响的，除了傅山之外，再有就是因倡言“天下兴亡，匹夫有责”而名动天下的江南隐士顾炎武了。这位鼎鼎大名的顾炎武，明万历四十一年生于江苏昆山亭林镇。顾氏家族乃江东望族，顾炎武十四岁考取秀才，十八岁参加乡试，但屡试不第。崇祯十六年夏，顾炎武以捐纳成为国子监生。清兵入关后，顾炎武在昆山知县杨永言推荐下，投身南明政权，任兵部司务。顺治二年五月，顾炎武取道镇江赴南京就职，尚未到达，南京已被清兵攻陷，弘光帝被俘，南明政权崩溃。顾炎武与友人归庄、吴其沆一起参加了佥都御史王永祚为首的反清义军。义军攻打苏州时，遇伏而溃，松江、嘉定等地相继陷落。顾炎武潜回昆山，协助杨永言守城拒敌。数日后，昆山失守，死难者四万余人。顺治十六年，顾炎武至山海关，凭吊古战场。此后二十年间，顾炎武孑然一身，游踪不定，足迹遍及山东、河北、山西、河南。康熙十年，顾炎武游京师，熊赐履设宴款待，邀请他纂修《明史》，遭拒绝。康熙十七年开博学鸿词科，顾炎武三度致书叶方蔼，表示“耿耿此心，始终不变”，以死拒荐。

顾炎武治学，以“明学术，正人心，拨乱世，以兴太平之事”为宗旨，主张以“修己治人之实学”代“明心见性之空言”，强调学问不仅要修诸身心，更要达于政事。所谓“学问”，皆是“坐而言，可起而行”的实用之学。顾炎武在《日知录》里谈到何为“亡国”、何为“亡天下”时说：

> 有亡国，有亡天下。亡国与亡天下奚辨？曰：易姓改号，谓之亡国；仁义充塞，而至于率兽食人，人将相食，谓之亡天下。

顾炎武围绕这一命题的论证，振聋发聩，让于成龙颇为震撼。于成龙由此联想到现实，内心苦苦挣扎，朱明王朝土崩瓦解了，取而代之的是清朝，这不就是所谓的“易姓改号”吗？这种“亡国”之痛，比起“亡天下”之痛，又算得了什么呢？如果天下大乱，出现了“率兽食人，人将相食”，岂非是更为可怕的末日吗？与其努力去恢复一家一姓的朱明王朝，不如致力于造福于天下百姓的太平盛世。

这时于成龙耳边忽然回荡起另一位巨人的声音，那声音宛如黄钟大吕一般冲撞着他的耳鼓，震撼着他的灵魂：为天地立心，为生民立命，为往圣继绝学，为万世开太平。于成龙十分清楚地记得，这是北宋大儒张载在《横渠语录》中讲的话。话虽不多，却字字千钧，令古今多少志士仁人，为之心驰神往、赴汤蹈火。

于成龙终于从迷茫困顿中走了出来。他不再犹豫，不再彷徨，不再踯躅不前，决定用自己的生命去践行“往圣”的政治宣言，去为天下的生民开创万世太平的盛景。

四、我不下地狱谁下地狱？

顺治十八年初春，四十五岁的于成龙去北京参加了吏部掣签选官仪典。

看着手里的“下下签”，于成龙不禁呆若木鸡。广西罗城不但荒芜偏远、人烟稀少，而且民风彪悍，极难治理。朋友家人都劝于成龙知难而退，不要自讨苦吃……

顺治八年，又逢“秋闱”之年，三十有五的于成龙再次到省城太原参加乡试。被迫易服剃发之后，于成龙第一次参加了由清廷举办的科举考试，也意味着他已经从心理上基本接受了满清统治的现实。

于成龙春天到了太原，在崇善寺遇见了同来应试的举子张奋云和武祇遹。张奋云是山西交城人，而武祇遹的家乡在山西稷山——著名的大枣之乡。他乡遇故知，他们三人相谈甚欢。起初，他们住在崇善寺附近，后来觉得香客往来嘈杂，便在朋友荆雪涛和时泽普的建议下，搬到了城北的莲池东书院，这里比崇善寺略显清静。几位书生朝夕伴读，纵论古今，相谈甚欢。

偶有闲暇，他们几人相携而行，一起到柳巷、钟楼街、开化寺等热闹处逛街喝酒。于成龙不喜欢逛街，对东山的双塔寺倒是很感兴趣。每次登临塔顶纵目远眺，他心底便油然升起一种莫名的信念，似乎有什么人在冥冥之中呼唤他，让他去遥远的地方救苦救难。他曾一度怀疑自己精神方面出了问题，直到多年后被百姓奉为“于青天”时，他才明白那冥冥之中的呼唤，或许并非空穴来风。

盛夏刚过，在贡院树上蝉儿的聒噪声与“秋闱”开场铜锣声的催促下，学子们鱼贯进入考场。那年的考题有点出人意料，于成龙和张奋云、武祇遹都感觉如坠十里云雾。不出所料，张榜之日，三人均名落孙山。好在有朋不孤，他们到贡院旁的小酒馆里，一边借酒浇愁，一边商议日后的出路。三人相约，下次“秋闱”再聚，遂洒泪而别。

于成龙回到永宁州，继续读书备考，闲暇时也到安国寺小住，与寺中方丈谈佛论道。科场失意的于成龙，眼看年已不惑，却仅有个“副榜贡生”的身份。顺治十一年，已是“候补知县”的于家长子于化龙，抱病而殁。中年丧妻、老年丧子的于时煌，倍感痛楚，一病不起。顺治十三年，在老父于时煌的再三催促下，于成龙匆匆进京，参加由吏部组织的“公考”。张榜之日，于成龙名列前茅，获得了“候补知县”的身份。

顺治十五年，整日为儿子前程操心劳神的于时煌，没有等到儿子光宗耀祖的日子，怀着万般不甘撒手人寰。于成龙忍悲含泪为亡父操办丧事，并决定守孝三年。父殁兄亡，家道中落，此时的于成龙心力交瘁、压力山大。身为一家之主，于成龙千般惆怅，万般唏嘘，长子于廷翼二十岁，次子于廷劢十一岁，三子于廷元年仅四岁，还有年迈体弱的寡母李氏以及日渐憔悴的妻子邢氏，这老老少少都眼巴巴地指望着他撑起这个家呢。

顺治十八年三月，京师传来好消息，吏部要在北京举办掣签选官仪典，为地方州县选拔官吏。结庐守孝三年的于成龙，仿佛看到一线生机。此时于成龙已四十五岁，几近潦倒的生活，让这位中年汉子的脸上刻满了岁月的沧桑。拜别高堂老母，于成龙一路颠簸出了娘子关，去北京参加由吏部主持的掣签选官仪典。

此时的京城，街头巷尾、酒馆茶肆，人们私下里都在议论年初发生的变故。正月初七，顺治帝福临驾崩，朝中顿时乱成了一锅粥。正月初九，年仅八岁的皇三子玄烨即皇帝位，即康熙帝，四位重臣索尼、苏克萨哈、遏必隆、鳌拜成为奉诏辅政的顾命大臣。

吏部掣签仪典后，于成龙看着手里的“下下签”，不禁呆若木鸡。这支“下下签”所代表的地域是远在数千里之外的广西。然而，更糟糕的消息接踵而至，他被派到广西最边远、最贫困的一个叫罗城的小县去做知县。据说，罗城是一个多民族杂居、民风彪悍的瘴疠之地，而且那里的战乱刚刚平息。有一参加掣签的河南贡生，夺过于成龙手里的竹签嘲笑说：“老于，恁这哪儿是去做县太爷呀？简直就是戴罪之人贬谪三千里嘛！”

于成龙做梦也没想到，吏部掣签会是这样一个结果，心中闷闷不乐。有人劝他花点银子打点一下吏部主事的官员，设法调换一个条件稍好一些的地方。于成龙摇摇头，一句话也没有说。谁也不知道他心里是怎么想的，也许这种有违“天理良心”的行为，于成龙根本不屑去做。返乡途中，于成龙专程去山西省清源县造访了好友王吉人，想听听他的意见。已从江南辞官归隐的王吉人，苦劝于成龙千万别去罗城赴任，说那种荒芜僻远、蛮夷混杂之地，能否保住一条老命安然归来且未可知，至于“前程”二字，只怕更无从谈起了。

于成龙别过王吉人，一路沉默不语，内心百般纠结。回到永宁州来堡村，于成龙把进京掣签的情况告诉了老母、妻儿。全家老小对广西罗城完全没有概念，好歹也只能凭他一人定夺了。于成龙彻夜难眠，辗转反侧，究竟要不要去罗城当这个知县？此去罗城，是福还是祸？万一后悔了，还能打退堂鼓吗？思来想去，他犯了难。

于成龙决定去安国寺，找纯天和尚聊一聊。纯天听了于成龙的烦恼，呵呵一笑，一边请于成龙品茗，一边说起他最近在读《大唐西域记》。纯天的话看似漫不经心，却又像有弦外有音，最后竟打动了于成龙，让他做出抉择。

纯天和尚送于成龙从禅房出来。二人走到山门处，于成龙双手抱拳，斩钉截铁地说："成龙不才，定要效法唐三藏，'义不辞难，百折不挠''见利勿趋，见害勿避'，罗城就算是刀山火海、龙潭虎穴，也要拼这一回。"

纯天和尚微微点头，立掌施礼道："阿弥陀佛，苦海无边，回头是岸。愿我佛保佑施主逢凶化吉、遇难成祥！"

从永宁到罗城有六七千里路，一路之上人吃马喂、打尖住店所需的盘缠，家里一时拿不出来。于成龙只好与妻儿商议典卖一些房屋田产，总算凑了百余两银子。村口老槐树下，于成龙与老母妻儿及街坊四邻洒泪而别，坐上雇来的骡车，带着四个随行仆人，踏上了南下广西的漫漫路途。

路经河东稷山县时，于成龙特意去拜访了旧友武祗遹。二人促膝谈心，互诉衷肠。武祗遹呷了一口酒，略带伤感地说："书中自有黄金屋，书中自有颜如玉，其实都是些骗人的鬼话。我等读了一辈圣贤书，到头来只怕连温饱二字也未必求得。”

“不瞒仁兄，黄金屋和颜如玉，皆非吾平生所愿。”于成龙放下酒盅说道，“此行千里赴任，誓愿勿昧‘天理良心’四字，便足慰此生了。”

武祇遹一向敬重于成龙，闻此言更是大为感动。之后，他还把于成龙的这段慷慨陈词摘录于《跋〈于山奏牍〉后》中。

别过武祇遹，于成龙从河津古渡过黄河，继续南下。一路之上，难免舟车劳顿、风餐露宿，他们跋山涉水、栉风沐雨。走州过府，路上的人们，都用奇怪的眼神打量着于成龙主仆五人，觉得他们像极了去西天取经的唐僧师徒。

一个名叫苏朝卿的仆人，打趣说：“咱们老爷一路上手不离那本《大唐西域记》，莫非咱们这是要效法唐僧师徒，也要经历九九八十一难，去西天求取真经吗？”

众仆人哄堂大笑，七嘴八舌地问：“老爷快说一说，咱们到底是去西天取经，还是去罗城当官？”

于成龙苦笑一下说：“你们这些蠢材，西天取经是往西走，咱们是一路朝南，这还用问吗？”

众人走到湖南与广西交界的冷水滩时，于成龙染了重病，但仍咬紧牙关继续赶路。这天，他们终于来到了广西桂林的地界，于成龙抱病前往广西布政使衙门办理就职手续。广西布政使金光祖看于成龙破衣烂衫，又身染重病，便劝他暂且在桂林歇息几日。于成龙连连摆手，说在桂林住几日又要浪费不少银子，不如趁早去罗城安顿下来，这样才是既省事又省钱的办法。

金光祖早就听说山西老醯过日子抠门儿，但未曾见识过，这下总算是领教了。初次打交道，这位来自北方山区的罗城知县，便给他留下了深刻的印象。告别金光祖出来，于成龙让仆人们在街上买了些蒸熟的芋头，边吃边赶路直奔柳州去了。在去往柳州的路上，于成龙不停地念叨柳宗元的名字，仆人们不知道柳宗元是谁，于成龙便给他们讲了一路柳宗元的故事。

柳宗元是河东人氏，柳氏祖上累世为官，是“河东三大望族”之一。唐顺宗时，柳宗元已官至礼部员外郎，但因“永贞革新”失败而受到排挤打压。815 年，柳宗元被贬为柳州刺史，后来因病在柳州去世，死时年仅四十七岁。于成龙早年喜读柳宗元的《捕蛇者说》，所以对柳州的一草一木格外留心，对其中的“赋敛之毒，有甚是蛇者”记忆深刻。当然，孔子的“苛政猛于虎”，他也一直铭记在心。所以，之后他无论走到哪里做官，第一件事就是下基层考察调研，看看当地税赋重不重。如果当地百姓普遍反映税赋过重，他就会二话不说，立即着手减免赋税的工作，决不磨磨叽叽、拖泥带水。

于成龙拜见了顶头上司柳州知府，大概了解到一些罗城县里的情况。众人胡乱吃些东西填饱了肚子，然后又马不停蹄地赶往罗城。一路之上，山径崎岖，荆棘密布，幸亏找了一位当地人做向导，总算摸到了县城里。顺治十六年才被纳入清朝版图的罗城县，是一座残破不堪的边陲小城。之前的两任知县一死一逃，眼下罗城正处于无政府的状态。于成龙等人走在街上，举目所及，皆是房倒屋塌、瓦砾遍地，仅存的六户人家，也是草屋柴门。乍见陌生之人经过，百姓也如见了虎狼一般惊惧。

县衙内杂草丛生，庭院中的蒿草比人还高，中堂只有草屋三间，而且四面透风漏雨。见县衙简陋如茅庐草舍一般，于成龙这位山西汉子悲叹道："哀哉！此一活地狱也，胡为乎来哉！"

于成龙在心底无数次地自问："我不下地狱，谁下地狱？我不下地狱，谁下地狱！"

同来的仆人们可不愿陪着于成龙"下地狱"。众仆人见罗城这番情形，纷纷打起了退堂鼓，只有那个苏朝卿表示愿意留下来。于成龙不愿强人所难，拿出所剩无几的银子打发了那些吵嚷着要走的仆人。罗城县衙仅剩一主一仆，于成龙尽管内心足够强大，此刻也不能不有所动摇。他给柳州知府写辞呈说："边荒久反之地，一官一仆，难以理事，乞赐生归。"结果，知府丝毫未加理睬。

得知父亲在罗城处境艰难的消息，于廷翼心急如焚，赶紧又雇了四个仆人赶往罗城。谁料，其中三个仆人竟死在了路上，剩下的一个虽到了罗城，但已精神失常，"在衙昼夜号跳，一如风魔"。于成龙心烦意乱，苏朝卿因看不到希望，遂也动了归乡的念头。于成龙只好打发苏朝卿护送那个疯癫的仆人离开罗城，返回家乡去了。

这样，只剩下于成龙独自坚守在罗城县衙。白日洗衣烧饭，夜里防备盗贼，堂堂七品县太爷，凡事都得亲力亲为。夜里睡觉时，于成龙把一口刀置于枕下，床边再放上两支枪，以防随时可能出现的野兽或强盗。

五、把“贫困县”治理成“模范县”

于成龙，在罗城埋头苦干了整整七年，硬是把一个贫穷破败、盗匪横生的烟瘴之地，治理成社会安定、邻里和睦的“模范县”。广西巡抚金光祖和两广总督卢兴祖慧眼识人，于成龙初举“卓异”。

据史料记载，清初罗城在籍人口一千二百五十户、七八千口人，其中以仫佬族人口最多，其余则是壮、瑶、汉、侗、苗等民族。明末清初，战乱频仍，人口锐减，罗城经济凋敝，实有人口应该远远低于户籍上登记的人口。

于成龙一度感叹，老天爷跟自己过不去，才把自己发配到罗城这个“贫困县”受苦受罪。他曾经独自跑到罗城的城隍庙默默祷告，希望城隍爷能保佑他不要死在罗城，最好能让他平平安安回到永宁州老家。他还向城隍爷发誓，要以实际行动“救赎”自己。具体说，就是“立意修善，以回天意”。为此，他立誓要善待罗城的百姓，把罗城治理成百姓安居乐业的“模范县”。

于成龙要想在罗城站稳脚跟，就必须先赢得当地各族百姓的广泛支持，解决多民族杂居、语言不通、互不信任等问题，让百姓心悦诚服地拥护清朝政府对这片土地的管辖。

治县方略

于成龙理清了思路，便着手逐步实施他的治县方略。

其一，在全县范围内推行“保甲法”。具体办法是将每十户编为一甲，每甲设甲长一名；五至十甲编为一保，每保设保长一名。如此使家家户户联结成相互关联的“网格化单元”，保长、甲长层层分级管理，各司其职。甲长的职能主要侧重于治安管理，保长则主要担负调节保甲内矛盾与争端、缉拿盗贼、维护户籍管理的职责。

其二，颁布法令，严禁盗窃抢劫和持械群殴。对于那些无视官府律令，甚至明火执仗组织械斗的豪强恶霸，依《大清律》重罚严判，决不姑息。

其三，实施轻徭薄赋、休养生息的政策。对于之前额外加收的“火耗”，坚决予以取缔。

其四，组织训练乡勇队伍（相当于民兵武装），主要负责剿匪缉盗、保境安民。

其五，鼓励百姓开荒养蚕，恢复地方经济。

其六，实施“区划户口食盐法”，为百姓降低食盐成本的同时，调动盐商的积极性。

其七，爱民如子，改善官府与各族百姓的关系。

其八，兴办学馆，普及教育，以儒家经典教化百姓。

其九，官府出资创办养济院，抚恤孤寡老人。

越境剿匪

邻近罗城的柳城县西乡镇，长期以来盘踞着一伙瑶族豪强恶霸。他们仗着人多势众有刀有枪，烧杀抢掠，无恶不作。罗城百姓苦不堪言，多次到县衙告状诉苦。于成龙派人去往柳城县协调，希望柳城知县能管束西乡镇这伙豪强，不让他们再越境骚扰百姓。哪知柳城知县听罢，只说已多次派人去过西乡镇，可那些恶霸根本就不把他这个知县放在眼里。他也别无良策，只能看天意了。

于成龙闻讯，怒不可遏，下决心以武力解决西乡镇这伙豪强恶霸。于成龙晓谕罗城百姓，有钱出钱，有人出人，迅速组织起一支乡勇武装。乡勇们天天操练，声势浩大。于成龙告诫众乡勇，到西乡镇剿匪时要奋勇争先，把豪强恶霸一举聚歼，决不留后患。消息很快传到了西乡镇，那伙豪强害怕了，立即派人过来乞和，并答应把掳掠的牛马、人口、财货尽数归还。于成龙决定给豪强们一次改过自新的机会，让他们签下保证书，并警告，如若不遵守诺言，必将率兵直捣西乡，决不姑息。于成龙以武止戈，用强硬手段制服了豪强恶霸，赢得了罗城广大百姓的信赖和拥护。

亲民爱民

罗城的社会治安状况逐渐好转，农业生产也慢慢恢复了起来。于成龙非常重视农业生产，每逢春耕，他都要到田间地头视察，甚至亲自扶犁在田间耕作。百姓们见知县老爷如此亲民，纷纷跑过来打招呼，于成龙也向他们打听地里的活计。百姓们见知县老爷不仅熟悉地里的农活，而且也懂得如何种植土豆小米、如何浇地施肥、如何秋收冬藏。百姓由此更加亲近爱戴这位来自北方的知县老爷了。短短几年时间，曾经荒凉贫困的罗城县，成了“禾穗被野，牛羊满山”的富裕之地，罗城百姓也过上了温饱的日子。

核减“盐引”

罗城地处偏僻，缺盐的问题一直困扰着百姓的生活，明朝诗人桑悦有诗为证：“山深路远不通盐，蕉叶烧灰把菜腌。”到了清代，食盐采用专卖制度，盐税是朝廷财政收入的大项。为了多得盐税，官府层层强迫摊派多销食盐，实际执行中规定了各级官府的销售定额。这个定额是以“引”为单位，所以又被称为“盐引”。由于官盐经营不得法，价格很高，百姓买不起，官府强行摊派，从而加重了百姓负担。百姓无盐可用，生活极其艰难。于成龙看在眼里，急在心上。他四处调查，千方百计想破解百姓缺盐的难题。清康熙元年，于成龙上书广西布政使金光祖，请求实行“区划户口食盐法”。此法获准施行后，罗城核减了三分之二的“盐引”。康熙三年，于成龙上书《条陈引盐利弊议》，提出禁官运、革埠商、便流商三条建议，得到广西巡抚金光祖的支持。这项措施减少了中间环节的利润，降低了食盐成本，调动了盐商的积极性。这样不但减轻了百姓经济负担，为大多数家庭解决了吃盐难的问题，还极大地推动了罗城经济的发展和繁荣。

革除“两耗”

清朝，田赋一般以征收白银为主，各县须把百姓上缴的散碎银子回炉熔解后烧铸成银锭再上缴国库，回炉烧铸过程中会产生一些损耗，民间俗称之“火耗”。官府以“火耗”之名，在正赋基础上另行加征百分之二十五到四十不等的损耗，借此达到中饱私囊的目的。

另外，当时还有一项所谓“大耗”的税赋，就是官府在征收田赋时有意夸大储运过程中的损耗，多收部分便流入了官府的“小金库”。百姓们对“火耗”和“大耗”虽心存不满，却敢怒不敢言。于成龙深知百姓疾苦，为减轻百姓负担，下决心革除“两耗”。

征收田赋时，于成龙坐镇大堂之上，当众宣布不再加收“火耗”和“大耗”，并张榜公布当年所征赋税的额度数量。粮食、银两过秤时，砝码、升斗都以户部统一颁发的器具为准，百姓可在现场监督，毫厘之间，尽在众人眼中。罗城百姓闻讯大喜，莫不奔走相告，纷纷主动前来缴纳田赋。

另外，于成龙还改革了交纳田赋的时限，对于生活艰难者还可减免百分之十到二十的赋税；如遇灾荒之年粮食歉收，百姓可写下保单待来年补缴。这些举措切实解决了罗城百姓最关心的生计问题，缓解了社会矛盾和压力，提高了罗城百姓的生活幸福指数。

初举“卓异”

在一系列具有创新精神的地方政策发布并贯彻落实后，于成龙治理下的罗城县，在广西全省率先发展，开辟了社会稳定、经济繁荣、人民安居乐业的新局面。广西布政使金光祖关注到罗城县翻天覆地的变化，十分高兴。康熙二年广西乡试时，金光祖特意把于成龙召至桂林协办考务工作，顺便想对他进一步考察。在与于成龙的谈话中，金光祖发现这位来自山西的七品知县，不仅对广西的民风舆情了如指掌，而且胆大心细，语出惊人。金光祖深感人才难得，便想把于成龙留在桂林委以重任。不料，罗城百姓闻风而至，成群结队到布政使衙门前跪哭要人。金光祖见状，大为感动，便让于成龙随百姓们回罗城，继续担任父母官。

罗城百姓见于成龙平日生活过于清苦，总觉过意不去，有些人在缴纳赋税时，就顺便拿几个铜钱放在于成龙的公案上，让他打点酒喝。于成龙说什么也不肯收，百姓们便说："阿爷不要火耗钱，我们只好送点打酒钱了。"见推脱不过，于成龙只好象征性地收下四文钱，恰好够打一壶水酒。后来，再有人来送打酒钱，于成龙却无论如何也不肯接受分毫了。于成龙每月的俸禄有三两多纹银，若一人花销是足够了，但他经常周济那些穷困潦倒的人，自己的日子反倒过得捉襟见肘，有时甚至连打酒的钱也没有。有诗为证：

> 一夜一壶酒，床头已乏钱。
> 强欲禁酤我，通宵竟不眠。

康熙六年，五十一岁的于成龙在罗城这个贫困县已埋头苦干了整整七年。他硬是把一个贫穷破败、盗匪横生的烟瘴之地，治理成社会安定、邻里和睦的"模范县"。平心而论，无论肉眼可见的政绩，还是老百姓的口碑，于成龙在广西全省也是数一数二的。然而，由于他平日不阿谀逢迎，更不会溜须拍马，新任布政使本就不待见他，加上柳州知府等人还怀疑他有吞没国赋的问题。

这一年，官员考绩公布，于成龙意外地落在了后边。

于成龙闻讯，不禁悲从中来，跑到城隍庙，跪在城隍老爷面前哭诉：

> 哀哉，数年一举一动，原非为功名富贵计，止欲生归故里……谓我无亏心事一点，当令我及早还乡。

于成龙受委屈近乎“疯魔”的事不胫而走，不仅牵动了罗城百姓的舆论，甚至惊动了广西巡抚衙门。已升任广西巡抚的金光祖，立即把布政使和按察使召来，面谕二人：“如不举罗城令，本院当特疏荐举矣。”之后，金光祖又找到两广总督卢兴祖商议，而卢兴祖对于成龙也并不陌生，二人当即决定，上疏保举于成龙为“卓异”：

> 罗城在深山之间，瑶、玲顽悍。成龙洁己爱民，建学宫，创养济院，任事练达，堪列卓异。

当年八月，广西巡抚衙门的保举文书刚刚发出，京城吏部的一纸调令已到了广西。调令上写得十分清楚，因于成龙“边俸逾期”，也就是说在边疆的任职年限超过了朝廷规定的年限，所以要把他调到四川合州去担任合州知州。

于成龙感念金光祖的知遇之恩，离任前专程到桂林的巡抚衙门向金光祖辞行。金光祖语重心长地对于成龙说："藩台的考语淡薄了些，让你受了委屈。本院知道，你淡薄自甘，治罗有方，清廉卓绝，遂上疏朝廷，立意广西只荐举你一人卓异。"

听了这番话，于成龙感动得泪如泉涌。他做梦也没想到，身居高位的抚台大人，为了维护他这样一个小小七品知县的清廉声誉，竟然不惜得罪布政使和按察使，甚至直接上疏朝廷，为他伸张正义。临别，金光祖特意给四川巡抚写信，生怕于成龙这样的老实人再受委屈。于成龙十分感动，依依不舍地告别了金光祖，含泪走出了巡抚衙门。

令于成龙万万没有想到的是，当他要远赴合州之时，罗城百姓扶老携幼遮道呼号，牵衣扯衫涕泣相送。于成龙感动得热泪盈眶，再三劝慰百姓们各自回家，但百姓们执意相送，足见于成龙在罗城百姓心目中的地位和分量。

据传，百姓中有一眇者，欲报于公恩泽，声言要护送恩公到合州，并对于成龙直言不讳地说："罗城至合州有数千里，阿爷何以抵达？民有相命、看风水之小技，可助阿爷抵合州。"于成龙百般辞谢，那眇者意诚志坚，绝难相拒。无奈之下，于成龙只好与这位眇者一路相伴而行，直抵合州乃罢。

六、合州官员被集体“洗脑”

康熙六年，于成龙升任合州知州。上任伊始，他宣布新规：今后凡有上级部门来合州视察工作，一律不设酒宴款待，只以粗茶淡饭，果腹即可。而身为知州的于成龙，以身作则，到所辖县域调研，绝不许县衙安排酒宴接待。

赴任合州

康熙六年，十四岁的玄烨虽已亲政，但处理章疏的大权仍由辅政大臣把持。当时的辅政大臣鳌拜权倾朝野，其余辅政大臣形同虚设。苏克萨哈死后，鳌拜不仅成为事实上的首辅大臣，而且有堪比摄政王多尔衮当年擅权的野心：议事集于府中，政令出于私宅，朝中大臣只知有鳌拜而不知有皇上。康熙和孝庄太后深感问题严重，如果任由鳌拜横行无忌，后果不堪设想。

这一年九月，于成龙一行数人千里迢迢由桂入蜀，先到四川成都的巡抚衙门，再到重庆府衙报到。果然不出金光祖所料，于成龙衣着寒酸，囊中羞涩，不免受了些许白眼和冷落。之后，他将这段经历写进了诗里。

两任边荒囊乏钱，低头羞语尉巡前。
淮阴受却少年辱，也了前生一恶缘。

四川巡抚张德地，倒是一位忠厚长者。他看过金光祖的信后，知道眼前这位绝非等闲之辈。不过，是骡子是马，不能全听他人之言，总要拉出来遛遛。张德地与于成龙客套几句，又留于成龙用了一顿工作餐，便让于成龙往合州赴任去了。

集体“洗脑”

四川合州，自古以来就是巴人、濮人的聚居之地，合州古城邑“巴子城”曾是古代巴国的别都。合州气候湿润，物产丰富，又是繁华的水陆码头和物资集散地，故以富庶著称于西南。合州下辖大足、武胜、铜梁三个县，隶属重庆府。

合州知州，是从五品官员，年俸八十两纹银，之下有州同、州判、巡检、闸官等属吏。当地官员向于成龙汇报情况说，由于连年战乱，人口锐减，合州在籍人口实际只有一百余人。而所辖三个县的知县均处于空岗无人值守的状态。于成龙名为一州之长，实际上却要管理除合州州务之外的四县事务。其公务之繁巨，比起罗城来只怕有过之无不及。

于成龙上任伊始，首先面对的难题就是州府的财政赤字，当时甚至连属吏的俸禄都是久拖不发。要想在这样一个积重难返之地另辟蹊径，于成龙就不能不先给合州的官员们来一次集体“洗脑”。于是，“头一把火”就在州衙大院里烧了起来，精兵简政，裁撤冗员，多余的衙役、轿夫、车夫一律下岗分流；“第二把火”是冲着上边烧的，拒绝了上司的摊派，减免了对过往官吏的接待，一切以省事节俭为上。身为知州的于成龙，以身作则，自己到所辖县域调研，绝不许县衙安排酒宴接待。当然，于成龙对自己也足够狠，州官出行的车马仪仗尽数裁免，下乡劝农时只骑一匹骨瘦如柴的老马。

在拒绝摊派方面，有这样一个十分生动的典型事件。重庆知府喜欢吃嘉陵江的鲜鱼，曾让人给于成龙下帖子，要求于成龙定期为他提供几斤大鱼几斤虾。于成龙接到帖子后，写信道：“民穷极矣，民脂膏竭矣！无怜而竭泽索鱼，不乐民反乐鱼，何忍得鱼乎？”重庆知府也是个明事理的人，看了于成龙的回帖，也觉得其言有据，入情入理，不但没有责怪，反而做了一番深刻的自我检讨，之后还大力支持合州的工作。于成龙由此更加敬重这位知府，遇事总要向其请示汇报。

合州“新规”

为进一步促进合州社会的稳定和经济的复苏，于成龙制定了一系列法令法规：一是招徕流民，声言对移民合州的外籍人口一视同仁，保证户口随到随落；二是保护“留寓”，凡空置无人的房产，房主须限期回籍登记，过期不登记者，按无主房产处理，谁修缮归谁所有；三是鼓励垦荒，凡愿来合州开垦荒地者，州府贷给其耕牛和种子，其所开垦的荒田，三年后即归垦荒者个人所有，后来者不得争抢；四是凡是举家迁来合州的家庭，州府不强迫分门立户。

这些政策措施一经落实，效果立竿见影，人们纷纷奔走相告，扶老携幼移居合州。于成龙治理下的合州，很快就呈现出炊烟袅袅、鸡犬相闻的太平景象。

于成龙经常派人下乡查访，对于勤勉耕织的农户就予以奖励，而对好吃懒做的人家就给予惩戒。百姓们见官府如此重视生产，也都纷纷埋头辛苦劳作，社会经济便日益繁荣昌盛起来。

在抓紧经济建设的同时，于成龙还不忘抓文化教育和社会公德建设。他建议，合州各乡设立一名“乡约”，乡约每月初一、十五向百姓宣讲康熙皇帝的《上谕十六条》，教喻百姓“礼让为先，勤俭为本，戒游逸赌饮”“敦孝弟以重人伦”“和乡党以息争讼”“隆学校以端士习”“明礼让以厚风俗”等。这些举措收到了很好的社会效果，极大地改善了合州的民风民俗，使社会风气更加和谐有序。

因为有金光祖的推荐，四川巡抚张德地对于成龙这个“山西老醯”稍有点印象，但他没有想到这个山西人竟如此了得，把合州治理得井井有条、人丁兴旺。他欣喜难掩地给于成龙写了一封表扬信说：

倾闻初莅新政，驱冗役，却舆从，及绝无名之应付，清操毅立，即此已见一斑，甚快甚慰也。

而于成龙对于在合州的经历，后来回忆说：“天下有极苦之地居之久而不为苦者，罗城合州是也。”天下居然有以苦为甘者，不知巡抚大人能否理解这位“老醯”是怎样修炼成的这副筋骨心性?

查采楠木

康熙七年冬季，寒风刺骨，一道朝命发至四川巡抚衙门，要求四川为紫禁城宫殿修缮工程提供巨型楠木。张德地把这个艰巨的任务交给了合州。于成龙愁得夜不能寐，急忙向张德地上了一封《查采楠木详》的书札。于成龙向四川巡抚提出，最好不要从普通百姓里征调民夫，以免扰民；建议动用当地的文武官员，准备刀枪、帐篷等物，让他们带领兵丁入山采木。

张德地认为于成龙的预案十分周密，同意按照他的设想和计划尽快实施。于成龙得到巡抚衙门的批复后，冒着风雪严寒，立即带着手下人到四川、云南交界的武隆、彭水原始森林中勘查寻找楠木。

在当地向导的带领下，于成龙等人在森林里勘查好尺寸合适的巨木，然后将相关的信息，包括地点、尺寸等等，派人快马报给张德地。张德地大喜，立即复函于成龙说：

> 山形地势了如指掌，并分五路并进，到处插草牌橛记认，具见门下措置井井有条。乃所报之木并无一株合适者，门下可悉心确查。如获巨料，不佞自于疏中题叙，以酬门下勤劳也。

张德地对于成龙的工作给予了充分肯定，同时也提醒他务必找到符合要求的楠木，方能圆满完成朝廷的任务。

整个腊月，于成龙都在林海雪山中奔波劳作，甚至除夕之夜也是在山上破庙里度过的。万家团圆之际，却不能与至亲团聚，于成龙不禁感慨万千，写下七律《戊申除夕》，以抒发了心中苦闷和游子思乡之情。

驱驰王事入彭川，旅舍神宫辞旧年。
七载罗阳梅弄影，三冬蜀道柳含烟。
石龟气负星文粲，林鸟声催草木鲜。
忽忆家乡思对镜，明晨霜鬓独凄然。

于成龙采伐楠木的工作一直持续到来年三月春暖花开，终于找到了足够且合用的巨型楠木。办完这趟皇差，于成龙不但受到四川巡抚衙门的通报嘉奖，张德地还为他保举叙功。康熙八年，吏部一纸公文下来，于成龙被调往湖广省黄州府任同知。

七、最难啃的骨头竟在黄州

康熙八年，黄州府公案上等待批阅的告急文书堆积如山，于成龙不停地批阅公文，有时连吃饭如厕都顾不上。

初到黄州

康熙八年初夏，五十三岁的于成龙泛舟长江，顺流而下，去往黄州赴任。他纵目远眺，见两岸山清水秀风光无限，不禁心中喜悦，遂迎着漫天朝霞，吟咏道：

逢人漫道不如意，满腹原来不合时。
回首青山千万里，乐天安命亦何疑。

于成龙在罗城、合州经历了千辛万苦和“山重水复疑无路”的困顿，而今似乎迎来了“柳暗花明又一村”的光明前景。一叶扁舟，忽上忽下，于成龙一路谈笑风生。穿过滩多浪急的三峡，又行船三个多时辰，于成龙一行来到车水马龙的黄州码头。众人弃舟登岸，黄州府衙来接船的人正翘首以待。

于成龙刚下船，京师传来消息，说辅政大臣鳌拜、遏必隆等被革职查办。于成龙十分关心国家政治核心圈的风云变幻，尽管他只是一介小吏，但朝廷的政治生态如何，与基层官员的政治前途有着十分密切的联系。

鳌拜这个人，于成龙早有耳闻，知道他是开国勋旧费英东的侄子，战功赫赫，获得过“巴图鲁”的称号。康熙亲政后，曾下诏谕令臣工进言时政得失，而鳌拜却明令禁止科道陈言，不让官员议论时弊，甚至还为此拦截奏章。康熙八年，十六岁的康熙亲政还不满二年，可鳌拜经过多年苦心经营，党羽盘根错节，遍布朝廷各个要害部门。康熙感到，要从鳌拜手中夺回权力，绝非易事。康熙先是让索尼之子索额图做一等侍卫，又让索额图精心挑选了一批十五六岁的少年组成善扑营。为了麻痹鳌拜，他和善扑营的少年整日在宫里练习满族的“布库”，即摔跤游戏。鳌拜见康熙整日与少年们戏耍，以为皇帝年轻贪玩，便没有了戒备。

据说五月十六日这天，鳌拜奉诏入宫，一路上气宇轩昂。他早已习惯盛气凌人，并没有把十六岁的皇帝放在眼里，但他没料到自己的末日就在眼前。鳌拜刚进入大殿，只听见康熙一声“拿下老贼”，少年们一拥而上，如饿虎扑食一般，便将他扑倒在地，七手八脚捆成个粽子模样。与此同时，遏必隆和鳌拜的死党也纷纷被捉拿归案。

鳌拜被控三十大罪，朝廷众议将其革职立绞。但康熙念鳌拜当年有救护太宗之功，赦免了他的死罪，改为革职拘禁、籍没家产。鳌拜集团的覆灭，宣告了辅政时代的结束，康熙终于实现了名副其实的亲政。这些朝廷里的种种变局与吊诡，后来都以纷繁复杂的方式与刚刚在黄州码头下船的“于老醯”发生了联系。

黄州府位于长江北岸，与武昌府隔江相望，下辖黄安、黄梅、麻城、罗田、蕲水、广济等八县和蕲州。黄州府同知，属正五品官阶，比合州知州高一级。同知府衙不在黄州城里，而是在麻城县的歧亭镇，分管抚绥民夷、粮盐督捕、江海防务诸事。

从罗城到合州，再到鱼米之乡的黄州这繁华都市，对于成龙来说，本应是件求之不得的好事，但他心下却有一种说不清理还乱的感觉。身为正五品官员，他出门乘什么轿子、用多少仪仗、有几个跟班随从，朝廷都是有明文规定的，不是想免就能随便免掉的。再说逢年过节，衙门里上上下下都有个礼尚往来、吃喝应酬，作为二把手的同知，完全不识人间烟火似乎也挺难办。可要应付这些人情俗礼，就少不得需要花销银子，但于成龙一年只有那可怜的一点俸禄，确实难办。他在《初至黄郡与友人书》中道：

居郡丞之位，履文物之邦。署宇严肃，役胥罗列。士民聚观，耳目杂沓。狐裘黄黄者，同寅也；衣裳楚楚者，属邑也。莅斯土者，主尚可布衣而步行乎？仆尚可挑水而运柴乎？为之治其执事，备其伞盖，繁其交际，咸借贷以应。而冷署如冰，下无以为德，上无以为功，五穷环至，应接不暇，如之奈何？此居不苦之地而适为苦者也！

由此可见，身处黄州繁华之地的于成龙心中其实并不快乐，几乎是焦头烂额和身心俱疲。

综合治理

于成龙对黄州的综合治理，一是充分利用“保甲制”，实行层层监督的“网格化管理”；二是微服私访，下沉基层，调查摸底，掌握第一手材料；三是以盗治盗，从内部分化瓦解盗贼团伙；四是严明法纪，违法必究，用铁血手段震慑黑恶势力；五是广泛开展社会宣传，崇贤兴教，以德化人，扭转社会风气；六是严于律己，以身作则，以俸银周济穷人，自己却食糠粥，苦中作乐。

以盗治盗

黄州府盗案频发，其背后的社会历史因素错综复杂，尤其是当地号称“蕲黄四十八寨”的势力更是盘根错节。明末清初，这“蕲黄四十八寨”本是当地官绅百姓为保卫家乡，也为适应改朝换代的复杂形势建立的地方武装组织。他们依托地势险要的山寨，时而帮着官兵打起义军，时而帮着起义军打官兵，时而又打起“反清复明”的旗号，时而又归顺清朝，情况十分复杂。康熙年间，“蕲黄四十八寨”表面上已经偃旗息鼓，但实际情况是，有相当一部分人化整为零，变身为民间的秘密组织。一旦有什么风吹草动，他们就会乘势而起，卷土重来。这是造成黄州府盗案频发、屡禁不止的社会根源。

于成龙初到黄州时，采取了“以盗治盗”的策略。他先是暗中招募了一批有前科的人做差役，如汤卷、刘君孚、彭百龄等都曾是江洋大盗或山寨头领。这些人并非完全真心投靠于成龙，而是怀揣各种目的，想着借助官府这张“护身符”，暗中做着各自的勾当。

汤卷是黄州黑道上尽人皆知的大盗巨贼，也是于成龙的重点工作对象。汤卷手中有一册名录，记录了黄州盗匪的情况。于成龙为了从他手里拿到这本名册，多次请汤卷喝酒聊天。汤卷每次似乎都喝得酩酊大醉，但任凭于成龙怎样旁敲侧击、七拐八绕，他就是人醉心不醉，不吐只字片语。于成龙心急如焚，却又无可奈何。有一天，于成龙跟踪醉酒后的汤卷去到一个酒家，见汤卷从贴身内衣里掏出名册，在众人面前颐指气使，那派头就像换了一个人似的。

第二天中午，于成龙又请汤卷饮酒。席间，汤卷借着酒劲自吹自擂，大谈自己曾经杀人越货、为非作歹的那些事儿。

于成龙听着听着，突然正色道："汤卷，把你身上的名册交出来吧！"

汤卷闻言，大惊失色。于成龙命捕快搜出名册，汤卷这才如实招供。于成龙深知，此人不可再留，必须快刀斩乱麻，便让汤卷自裁。

汤卷求饶说："小人罪该万死，但家有八十老母无人照料，还望老爷开恩，小人一定戴罪立功。"

于成龙说："你尽管放心上路，令堂自有官府照应。"

于成龙当着汤卷，拿出一两俸银，让衙役送到汤卷家。事已至此，汤卷自知罪不可恕，只好长叹一声，饮鸩而亡。

于成龙掌握了盗匪名册，办起案来果然有许多方便。但他并不敢完全依赖这本名册，而是根据案情进行具体分析。为了查案，他常常微服私访，或扮作行商走贩、江湖郎中，或扮作打卦算命的先生，走街串巷，勘查案情。此后，黄州府的破案率得到极大提升，震慑了犯罪分子。

化盗为民

于成龙在办案时，也注重通过办案教化百姓。有一回，于成龙得到情报，深夜展开雷霆出击，一举抓获九名大案要犯。经过审问，九名罪犯对自己所犯之罪供认不讳，九名罪犯被判死刑。处决前，于成龙将九名罪犯绑缚押往歧亭镇的广场示众。于成龙觉得，这些人基本上都出自百姓，有挽救的余地。于是，他对围观的百姓说："各位父老乡亲，这些人犯论罪当死，罪无可赦。但本府顾念苍生，以慈悲为怀，想再给他们一次洗心革面、重新做人的机会。如果有本镇乡绅商户愿意具结作保，保证他们以后不再作奸犯科，本府将对他们予以开释。但若此后人犯再次犯法，本府必将人犯与保户同案治罪。"

于成龙话刚讲完，有两位乡绅站出来，表示愿意为其中的两名人犯作保，两名人犯当即被松绑释放。剩下的七名人犯，大眼瞪小眼，面面相觑，却不见再有人出来作保。于成龙看时辰已到，便命人挖了一口大坑，下令将七名罪犯活埋。他在活埋人犯的地方立了一块木牌，上书令人胆寒的几个大字："黄州府二府于成龙瘗盗处。"

克己赈灾

康熙十一年，黄州大旱，土地龟裂，庄稼枯死，颗粒无收。身为"二府"，赈灾之事本不是于成龙的职责所在。但看着背井离乡的难民，他心情沉重，吃不下饭，睡不着觉。他把自己微薄的俸银捐了，又把自己骑的骡子也变卖了，为的是能救助更多的难民。实在想不出更好的赈济之法，于成龙索性把歧亭镇的富家商户召集起来，苦口婆心地劝说，有钱捐钱，有粮捐粮，人人都要献出仁爱之心。这些富家商户被于成龙的赤诚所感动，纷纷解囊相助，随之带动了更多的乡绅望族加入到赈济灾民的队伍中来，黄州的灾情由此得到很大程度的缓解。

为了让远在穷乡僻壤的受灾百姓也能领到活命的钱粮，于成龙亲自带人下乡访查，按户籍登记的人口发放钱粮，一户一户核实发放。于成龙四处奔走，事必躬亲，累得脚也肿了、鞋子也破了，甚至因饥渴几乎晕倒在路边。老百姓看于成龙这样，感动得泪流满面，更把他奉若神佛一般。

有一天，于成龙照例在歧亭镇督察赈米的发放情况，发现一位白发苍苍的老大娘正排队领取赈米。有人说，这老大娘家中有两个儿子，年轻力壮的，却好吃懒做，倒让老娘出来领米度日。于成龙闻言大怒，立即派人去把老人的两个儿子找来，严厉斥责。两个儿子羞愧难当，无言以对。于成龙罚了他们每人二十大板，然后放兄弟二人回去好好赡养母亲。

二举“卓异”

于成龙自家的生活是省吃俭用出了名的。民间有一个于成龙吃“糠粥”的故事，感人至深。于成龙的“糠粥”里面主要是米糠，还有一些小米、黄豆粉之类。这种“糠粥”虽然没有多少营养，但在灾荒之年，于成龙和家人便以这种糠粥充饥果腹。

黄州有一位鲁姓乡绅。他听说身为“二府”的于成龙天天在家喝糠粥。他有些好奇，却又不太相信。一天，鲁乡绅专程跑到歧亭镇拜访于成龙，并提出想品尝于府的糠粥。于成龙笑呵呵地说：“你是稀客，初次登门，怎好让你喝糠粥？今天权且以米饭招待你，如果下次再来看我，就只好以糠粥待客了。”鲁姓乡绅听罢，终于相信于家确有糠粥，并非坊间讹传。

于成龙一直有夜间饮酒的习惯。他喝的是便宜的白酒，酒钱都是从自己的俸银里出的。于成龙觉得豆腐既便宜又有营养，便让仆人每日买二斤豆腐，既当菜又顶饭。有人问他，身为五品同知，何必过得如此清苦？他笑一笑说：“古人云，由俭入奢易，由奢入俭难。在苦寒之地，保持清廉相对容易，而身处繁华之地，依然保持清廉，就比较困难了。”由此可见，于成龙不仅深谙修身养廉之道，而且始终严于律己，并持之以恒。

康熙八年腊月二十五日，于成龙从外地返回歧亭镇。刚刚下船，他便看见迎面走来两个年轻人。听见两人喊爹爹，于成龙定睛一看，原来是自己的儿子廷翼和廷元。父子三人九年未见，悲喜交加，抱头痛哭。有两个儿子陪伴在身边，于成龙这个年过得十分惬意：

幸儿伴我侧，谈笑且开觞。

只恐倚门望，凄然憾夜长。

正月十五过后，于成龙决定让小儿子廷元留在身边读书。他打发长子廷翼回乡侍奉奶奶和母亲，想着带点黄州土特产回家中。找来找去，他只翻出半只咸鸭让廷翼捎回永宁州去。后来，此事在黄州坊间传开来，“于半鸭”的绰号不胫而走。

在于成龙的不懈努力下，黄州府的社会治安有了很大改善，受到湖广总督和巡抚衙门的高度重视和认可。康熙十二年，湖广总督蔡毓荣召见于成龙，见他官服破旧，特别送给他一套新官服。同年，湖广省“大计”，于成龙因政绩突出，新任湖广巡抚张朝珍保举他为“卓异”。

署理武昌

康熙十三年早春二月，已经五十八岁的于成龙，带着二举“卓异”的喜悦，前往吏部述职。吏部很快核准了于成龙的“卓异”。欣喜之余，阔别家乡十余载的于成龙，打算绕道山西回乡省亲。此时北京城大街小巷都在议论吴三桂的事，原来镇守西南的平西王吴三桂，已于康熙十二年十一月二十一日举旗反清，从云贵分兵两路，北路剑指川陕，东路直逼湖广。二十岁的康熙帝沉着应对，一面发布讨逆檄文，从政治上瓦解叛军阵营，一面调兵遣将从军事上围剿叛军。

三月初，刚从北京返回黄州的于成龙，忽然接到巡抚衙门的调令，让他速去武昌代理武昌知府，任务是襄办军需戎务。

于成龙三月九日赶到武昌，又忽闻吏部要调他去福建省担任建宁府知府。湖广巡抚张朝珍赶忙上奏，请求改任于成龙为武昌知府。湖广战事吃紧，清军云集长江沿线备战，张朝珍急需得力的人来操办纷繁冗杂的军务。

造桥失职

四月的江南，阴雨绵绵，于成龙冒雨前往咸宁、蒲圻两县修桥。江水湍急，白浪汹涌，好不容易修好了咸宁桥，于成龙又要赶到蒲圻修桥。蒲圻桥修造难度较大，工期又短，无奈之下，于成龙决定搭建一座浮桥。蒲圻浮桥刚刚完工，突然传来消息说，咸宁桥被洪水冲垮了。于成龙大惊，遂火速赶往咸宁，准备重新搭桥。到了咸宁，于成龙发现，不仅咸宁桥被冲垮，另一座古石桥也在洪水中垮塌。当时，恰好有一位将军率部过江，没有桥，军队过不了江。那位将军火冒三丈，以贻误军机为由要求严惩造桥失职的官员。此事非同小可，不仅惊动了湖广督抚衙门，而且还引起朝臣非议，于成龙因此被问罪革职。

东山平乱

于成龙交卸了蒲圻事务，回省待罪。张朝珍暂时把他留在了身边，帮助处理岳阳的军需公务。五月十五日，有消息传来，麻城人刘君孚串通大冶人黄金龙，在曹家河举兵反清。麻城东山的

“蕲黄四十八寨”闻风而动，瞬间形成燎原之势，黄州大乱。原来，“三藩之乱”刚开始，吴三桂想借黄州“反清复明”的山寨势力反清，便派人去拉拢刘君孚、黄金龙，希望与之联手。

东山叛乱的消息传至武昌，巡抚张朝珍大惊。他知道，一旦刘君孚在黄州形成气候，势必阻断长江水路运输，进而威胁到湖北、河南、安徽、江西数省，甚至会牵动整个战局。而此时的清军主力都集中在湖南作战，湖北兵力空虚，形势可谓万分危险。

恰在此时，于成龙自请前往黄州为国效力，并说他不要一兵一卒就能平定东山之乱。张朝珍眼前一亮，心想于成龙在黄州极有声望，又与刘君孚等人十分熟络，说不定这个老贡生真能出奇制胜、再立新功。于成龙说，他了解刘君孚这个人，此人绝无“反清复明”之志，更不会与吴三桂沆瀣一气，充其量是被“逼上梁山”而已。于成龙告诉张朝珍，他打算亲自上东山会一会刘君孚，当面劝他接受招安。

眼下也别无良策，死马权当活马医吧。想到此，张朝珍当即拍板决定，派于成龙前往黄州“招抚”东山叛贼。临行之际，张朝珍再三叮嘱于成龙，与刘君孚这些亡命之徒打交道，务必多留一个心眼儿，尤其要注意人身安全。

五月二十四日，于成龙带着几名亲随赶到了黄州府麻城县白杲镇，刘君孚的山寨就在距此不远的东山上。夜深人静，于成龙一边饮酒，一边撰写了两篇安民告示，一篇是《初抚东山遣牌》，另一篇是《劝畈间归农谕》。于成龙在告示中谈起自己与黄州百姓的深厚感情，并说自己这次回来就是为倾听百姓呼声，为黄州百姓排忧解难。麻城的乡绅百姓，一向很敬重于成龙，听说“于半鸭”回来，纷纷来到白杲镇，诉说冤屈。

刘君孚听说于成龙来麻城安抚百姓，心下佩服这位“于二府”，但不确定于成龙会不会对付他。五月二十七日，一名乡约上山求见刘君孚，并递上于成龙的亲笔信。于成龙在信中说，只要刘君孚接受招安，率部下山投诚，官府保证既往不咎，而且还会重用他。刘君孚将信将疑，犹豫不决，难以定夺。

于成龙估算乡约已到山寨，自己便也骑着他那匹脾气倔强的大黑骡子，带了两名衙役随行，顺着山梁曲径逶迤而上。走在前边的瘦衙役，手里拎着一面铜锣，一边敲锣一边叫喊：“太守来救尔山中人也！”跟在后边的胖衙役，举着个破旧的伞盖，算是官府的仪仗。

山寨的众喽啰听到山下传来的叫喊声，纷纷抓起刀枪火铳，一个个如临大敌，严阵以待。当于成龙主仆的身影进入他们的视野，山寨喽啰们傻了眼，彼此面面相觑，呆若木鸡。

于成龙进了山寨，坐在聚义厅里，却不见刘君孚人影，便问：“君孚老奴怎不出来见我？”于成龙知道刘君孚就在山寨里，想是他无颜面对故人。于成龙便与山寨喽啰们闲话家常，问家中妻儿如何、地里的庄稼收成怎样、街坊四邻婚丧嫁娶办得如何……一来二去，山寨众人的心思早已回到柴米油盐的烟火氤氲之中，军心士气渐渐冰消瓦解……

时值正午，于成龙说得口干舌燥，便让喽啰们拿山泉水来解渴。有人递上芭蕉扇，于成龙脱下靴子，宽衣解带，便躺在刘君孚的床上鼾声如雷地睡了。晌午过后，于成龙睡醒了，仍不见刘君孚出来相见，便大声责备道："君孚老奴好生无礼，阿爷来山寨做客，连酒饭也不招待吗？"喽啰们不敢怠慢，七手八脚摆上美酒佳肴。于成龙不拿自己当外人，一边吃肉喝酒、大快朵颐，一边推杯换盏、高谈阔论。

刘君孚一向敬重于成龙，今日见他如此信任自己，亲自上山来招抚，只好出来与于成龙面谈。于成龙的攻心之术效果显著，刘君孚与他约定，六月初三率众下山，接受招安。

于成龙不敢大意，立即着手安排招安事宜。六月初三，刘君孚果然率众下了山。他们举着写有"倾心向化"的白旗来到白杲镇投诚。湖广巡抚张朝珍闻讯大喜，并依事先与于成龙商议好的办法，给了刘君孚一个正五品的武官职务——戎旗守备。之后，刘君孚拿着于成龙写的安民告示，去"蕲黄四十八寨"各家首领处劝降。经刘君孚四处游说，程镇邦、鲍洪功、陈恢恢、李公茂等人纷纷率部来到白杲镇投诚。整个"蕲黄四十八寨"，只有邹君升一支人马不肯接受朝廷招安。

于成龙在平定东山之乱中立了大功，湖广巡抚张朝珍保举他出任武昌知府。于成龙安顿好黄州事宜，正准备动身前往武昌履职，哪知风云突变。七月九日，黄金龙、方公孝等在黄冈县李家集举旗造反。于成龙不敢怠慢，立即组织士绅乡勇进剿。刘君孚、程镇邦也献计献策，提供地形图，帮助于成龙调配兵力，安排部署各路人马。

七月二十五日，于成龙接到巡抚衙门的通知，改任他为黄州知府，并命他全权指挥平定黄冈李家集叛乱事宜。当天，于成龙指挥乡勇发起了进攻。经过六天的激烈战斗，叛军被彻底击溃，黄金龙、邹君升等贼首相继被俘。

捷报传至武昌的巡抚衙门，张朝珍喜出望外，对衙署群僚说：“人谓我不当用醉汉，今定何如？”众人乐得顺水推舟，纷纷称赞抚台大人深得用人之道。

黄州危机

八月，于成龙走马上任黄州知府，同时接受了给前线部队供应军需粮草的任务。军需物资十分庞杂，大概包括上百万捆的草料以及数量不等的炊具、马槽、马鞍、铡刀等等。前线战事吃紧，催要军需的公文像雪片一样纷至沓来……

黄州府公案上等待批阅的告急文书堆积如山，于成龙不停地批阅公文，有时甚至连吃饭如厕都顾不上。鸡叫头遍，灯盏里的豆油眼看就熬干了，于成龙打了个哈欠，正想起身添点儿灯油，忽然眼前一黑，顿觉天旋地转，一口鲜血喷了出来，染红了案上的文书……

康熙十三年十月，吴三桂大军进攻江西湖口、兴宁，长江两岸为之震动，湖北形势日益紧张。吴三桂派人在黄州散发“伪札”，蛊惑人心，“蕲黄四十八寨”的旧部磨刀霍霍，山寨势力死灰复燃，黄州危在旦夕。

有人建议弃守黄州，退保麻城，于成龙坚决反对。他说：“黄州为湖北七郡门户，……释此不守，则荆、岳有狼顾之虞，七郡成瓦解之势，江北危矣——所系非仅一城已也。”又说，“我身为知府，誓死不离黄州。叛军虽然人数众多，但都是些乌合之众，只要我们集中力量击溃敌酋何士荣部，就能让叛军全线瓦解。”

于成龙一面向巡抚衙门吁请援兵，一面亲率乡勇应战。十一月八日，一场空前惨烈的鏖战爆发了。叛军狂风骤雨般席卷而来，官军和乡勇纷纷溃退。危急时刻，于成龙骑上战马，手执宝剑，大声呼喊：“今吾死日也，敢言撤退者立斩！”说罢，他身先士卒，冲锋陷阵，独自“手刃四十八人”。

经过一番生死较量，何士荣兵败被俘，于成龙大获全胜。官军杀入何士荣山寨，收缴了吴三桂的“伪札”，还发现密谋起事的人员名册。于成龙为安抚人心，当众烧毁了名册。参与叛乱的“蕲黄四十八寨”，听说盟主何士荣被俘，名册落入官军手中，十分恐惧。后来听说于成龙当众烧了名册，又暗自窃喜，遂悄悄解散回家躲藏起来。这样的结果，其实正中于成龙下怀，他不希望更多的无辜百姓被牵扯进来。战后，于成龙忙于招抚残敌。十一月十九日，于成龙下令班师，他在麻城县黄市村的村口立了一块石碑，上书：

龟山以平，龙潭以清。

既耕既织，东方永宁。

战争结束了，于成龙着手解散乡勇，并给他们发放赏银，让他们解甲归田后能够安心务农。于成龙的安抚政策，不仅让湖北各地的山寨人员纷纷向官府投诚，而且把与河南、安徽邻近的山寨人员也吸引到黄州来投诚归顺。

遥祭慈母

于成龙安排妥当招安事宜，身心俱疲，便萌生出急流勇退的想法。他以自己年事已高、疾病缠身及侍奉高堂老母等理由，向湖广巡抚张朝珍和湖广总督蔡毓荣恳请退休。张朝珍和蔡毓荣拒绝了他的请求。朝廷正当用人之时，而于成龙这样的官员是国家求之不得的人才，怎么能轻易让他退隐林泉呢?

康熙十五年十月，于成龙忽闻继母李氏病故，难抑悲痛，含泪上书呈请“丁忧”辞归。于成龙幼年丧母，继母李氏含辛茹苦将他抚养成人，母子间感情笃深。于成龙自顺治十八年远赴罗城做官以来，十余年间未曾侍奉过高堂老母。对于成龙而言，这不能不说是人生一大憾事。于成龙曾数次上书请辞，无非想回乡侍母，以略尽孝道，但终因公务缠身而未获批准。

自汉代以来，朝廷就有关于官员“丁忧”的制度安排。清廷沿用明制，在任官员的父母或祖父母去世，本人必须主动请辞归乡，并居丧守制三年。“丁忧”之人不准为官，如无特殊原因，朝廷也不可强召“丁忧”之人为官。但若遇极其特殊的情况，比如战争或天灾之类不可抗力，朝廷可以“夺情”的名义，让“丁忧”之人放弃居丧守制，为国家继续效力。

于成龙含泪分别给巡抚张朝珍和总督蔡毓荣写了辞呈，可谓字字泣血、催人泪下。于成龙写道：

> 兹有下情，泣血上陈。念成龙父兄先逝，上无叔伯，终鲜兄弟。茕茕一身，奉侍慈帏。希冀升斗，以禄养亲……今忽焉永诀，母北子南，幽明殊隔。讣音驰至，肝肠惨裂。魂魄黯销，号天抢地。欲见无由，追悔无及。痛成龙母老不能养，母死不能殓。目前柩停中堂，亡灵无依，倚门倚闾，死后望儿，倍切生前。成龙他乡孤哀，腐心疾首，泪已血凝，形已骨立……

蔡毓荣和张朝珍看着于成龙用血泪写成的辞呈，不禁为之潸然泪下。面对如此忧国忧民的清官廉吏，他们实在不忍拒绝他的请求。但是，“三藩之乱”尚未平定，国家正当用人之时，尤其黄州形势不稳，此刻若让于成龙“丁忧”守制，又有谁能替补他的空缺？万一黄州再生事端，又有谁能像于成龙一样，孤身深入虎穴平叛？

基于对黄州形势的种种考虑，蔡毓荣和张朝珍商议后上奏朝廷，建议于成龙“夺情任职”，不得回乡奔丧和守制。于成龙伤心欲绝，但“忠孝不能两全”，服从国家需要必然是他唯一的选择。

黄州城外钵盂峰顶有一座建于明代的文峰塔，又称青云塔，塔身用青石筑就，高达四十余米，巍峨壮观。于成龙默默登上塔顶，遥望北方，焚香祭母，悲伤的泪水一滴一滴落于青石之上。之后，塔顶长出一棵形如巨伞的大叶朴树。民间传说，此树乃是受于成龙拳拳孝心感化而生，是他祭母那日的泪水所育。

黄州赤壁

康熙十五年，于成龙主持重修赤壁大士阁，以恢复这些文物景观当年的风采。于成龙兴建土木工程，其实还有另一重深意，为的是让黄州的贫困百姓能够挣得一份收入。历代都有“以工代赈”的说法，即每遇灾荒，由官府或富商巨贾出资兴修土木工程，让百姓能体面地获得一份劳动报酬，从而帮助他们度过灾荒之年。这一年，于成龙不仅修缮恢复了明末毁于战火的大士阁，还特意兴建了“二赋堂”，以纪念苏轼在黄州任职时题写《赤壁赋》。

同年，于成龙与黄州一帮文人骚客在赤壁雅集，饮酒赋诗，谈古论今。于成龙在黄州任上写过《赤壁怀古》《满庭芳·脱却蛮烟》《如梦令（二首）》等诗词，虽不及苏轼诗词那般气势雄浑、洒脱豪放，却也别具古朴内敛、清新自在的文风雅韵。

赤壁怀古

赤壁临江渚，黄泥锁暮云。
至今传二赋，不复说三分。
名士惟诸葛，英雄独使君。
今朝怀古地，把酒对斜曛。

满庭芳·脱却蛮烟

脱却蛮烟，奔离蜀道，三载又到光黄。生来命薄，才力比谁强。

眼见此身已老，消磨了、多少疏狂。百年里，有几人跳出，傀儡逢场。

思量还故乡，箪瓢陋巷，澹泊何妨。任随缘过日，说甚彭殇。幸遇杏花，赤壁访遗迹，感慨悲伤。寻两地，半丘荒草，一望白云乡。

如梦令·其一

岁暮容颜非旧。食少形骸消瘦。睡起不胜愁，频叫苍头斟酒。斟酒、斟酒，梦见故乡花柳。

如梦令·其二

赤壁莺啼岸柳。歧镇雨肥园韭。忆别若为情，且看燕肥红瘦。回首、回首，谷雨清明时候。

于成龙一生，诗词作品近一百首。黄州的文人墨客与于成龙交情深厚，而于成龙最欣赏的莫过于一位叫郑肯崖的老学者。于成龙在《跋郑肯崖渔舟诗》中说：“余在黄州九年，交肯崖老人最深。”这位郑老先生应该属于黄州府衙延聘的“智囊”，当时称为幕宾或师爷。所以于成龙从黄州到福建、直隶，甚至两江总督衙门，郑肯崖始终陪伴左右，为其运筹帷幄、出谋划策。于成龙曾为郑肯崖的诗集作序，他在序文中写道：“肯崖，黄冈幽人也。自临皋赤壁、闽海春潮、燕山朔雪，靡不朝夕与共。”由此可见，于成龙不仅清廉正直、能文能武，而且还是一位颇具文艺气质、且重情重义的学者型官员。

江夏盗案

康熙十六年，于成龙在黄州知府的任期已满。考虑到蕲州特殊的地理位置，需要加强防卫，湖广总督蔡毓荣、巡抚张朝珍上奏朝廷，请求恢复“下江防道”的建置，并任命于成龙担任道台。虽然下江防道的道台也是正四品衔，但品阶略高于知府。下江防道衙署就设在黄州府所属的蕲州城，让于成龙驻守此地，蔡毓荣和张朝珍还是有所考虑的。

于成龙在下江防道任上干了一年多，恪尽职守，主要负责修缮沿江防御设施和战舰以及操练水师、加强防务等事项。其间，江夏县发生了一起军饷失盗案，涉案金额高达数千两纹银，甚至惊动了巡抚张朝珍。案件虽然告破，犯人被抓，但丢失的军饷却没有下落。当时于成龙去武昌拜见张朝珍，张朝珍提及此事。于成龙认为没找到赃物，疑点颇多。于是张朝珍就委托于成龙继续调查。

于成龙经过仔细察访，很快掌握了线索。他认为涉案在押的人犯并非真正的盗贼，而是另有其人。之后，他将此案的主犯缉拿归案，此人竟是巡抚衙门的一名校官。张朝珍看着追回的数千两被盗军饷，大为惊讶，问于成龙如何破案？于成龙笑一笑，拿出一份盗贼名册说，大凡有案底之人都逃不出他的手心。可见，于成龙明察秋毫，确是个办案高手。

离任黄州

康熙十七年仲夏，六十二岁的于成龙升任福建按察使。湖广巡抚张朝珍听说后，十分高兴，专门为于成龙设宴饯行。

席间，二人畅谈六年来共同的经历和深厚的情谊。当年于成龙任职黄州知府时，张朝珍曾经送他一副对联：“何处寻求包老，此间便是阎罗。”张朝珍把于成龙比作当朝的“包青天”，可见于成龙在老巡抚心目中的地位。于成龙调离湖广后不久，张朝珍就因病去世了。于成龙十分怀念老巡抚，每每念及张朝珍对他的照顾和包容，就不禁要伤心落泪。

赴闽上任前，于成龙曾上书张朝珍《升闽臬上张抚台》，就湖广的许多重大事项向张朝珍谈了自己的见解和看法。于成龙提醒张朝珍说，知府、知州、知县这些亲民之官十分重要，应当“时加劝勉”。只要劝勉得当，这些亲民之官都会自爱自强，自然会更加努力地为朝廷工作。于成龙向张朝珍特别推荐黄梅知县、夷陵知州等勤政爱民的基层官员，说他们劳苦功高，建议破格提拔重用这些人。

于成龙还在文中谈到官员如何处理好“爱民”与“忠君”的问题。他说：“今王谕一颁，时刻难缓。然寓仁慈于催办之内，宽一分则军民受一分之福。”所谓“寓仁慈于催办之内”，就是说各级官吏在征收赋税、办理军需的时候，既要把“忠君”的问题处理好，也要把“爱民”的情怀放在心上。因为他深深懂得“民为邦本，本固邦宁”这个硬道理。

于成龙特别关注政府基层吏员和普通百姓的实际生活困难，他指出：

> 驿官穷困，负债累累，如何周恤？吏员奔波不已，穷困潦倒，内不能顾家庭，外不能顾差役，如何存济？排夫数减，差役日增，累及烟户，渐已逃避，如何调停？封船不已，船户潜逃，商贾绝迹，如何疏通？

这些问题看似细微，极易忽略，其实都是事关国计民生的重大事项，处理不当会影响人心向背和社会稳定。

“于青天”离任的消息传开，闻讯前来蕲州码头给于成龙送行的官员、士绅和百姓多达数万人。人们的哭声伴随着滚滚江涛的拍岸声，此起彼伏，不绝于耳。五艘官船起锚离岸，顺着江流向东而去。于成龙伫立船头，深情回望江岸上摩肩接踵、扶老携幼的送行百姓，不禁百感交集。他不停地挥手，向黄州的父老乡亲告别，而泪水早已湿润了苍老的脸庞和在风中凌乱的须髯。

黄州是于成龙入仕以来任职时间最长、人生起伏最剧烈的地方。春风秋月，寒来暑往，九载光阴，这方热土给他留下了太多的人生记忆和苦辣酸甜。人生苦短，俯仰之间，波诡云谲，多少个不眠之夜？多少次惊心动魄？多少回忍辱含冤？多少人生死相望？行将远离斯人斯土之际，于成龙又怎能不心潮澎湃？

八、萝卜青菜乃吾一生所爱

于成龙在黄州任职九年，他特别喜欢吃当地产的一种“冬瓜萝卜”。这种萝卜个头很大，外形粗壮，酷似冬瓜，平时可当水果，灾年可以充饥。

于成龙的官船驶离蕲州码头时，有人发现船头放着几担萝卜。有知情者说，那些萝卜是于青天途中用来充饥的口粮。

众人闻言，不禁潸然泪下。

履职臬台

康熙十七年六月，福建布政使姚启圣、按察使吴兴祚，分别升任福建总督和福建巡抚，福建按察使一职出现空编。朝廷决定破格提拔湖广省下江防道道台于成龙，即以“皇帝特简”的名义传旨，调于成龙赴福建担任福建按察使。按吏部的惯例，于成龙在下江防道的任职时间太短，是不能被提拔的。但是，于成龙在黄州、武昌的工作业绩突出，二举“卓异”，乃至引起朝廷和康熙皇帝的特别关注，从而获“皇帝特简”。

康熙十八年春天，于成龙经过水旱两路的长途奔波，终于抵达福州，就任正三品的福建按察使。按察使衙门，又称提刑按察使司，相当于现在的省级纪检监察机关。清代的按察使，俗称“臬台”，是一省最高司法官员，年俸一百三十两，职责是处理重大案件、督察地方官员、审查各类狱讼等，另外还兼管监考、邮传和驿站等事务。概括说来，清代提刑按察使的职能具有司法和监察两大属性。

于成龙在福建按察使任上主要做了五件大事：一是平反冤案，释放了数千名因“通海”罪名被拘禁的百姓；二是简讼省刑，防范州县官员利用打官司营私舞弊；三是整风肃纪，严惩作奸犯科的官员；四是提升效率，以风火雷三催号票督办公务；五是解放奴婢，募捐集资赎买被掳人口。

平反冤狱

清朝初年，为防郑成功从台湾袭扰沿海州县、从大陆获取重要的战略物资、给养等，清廷实行海禁政策，沿海地区封港封船，“不许片帆入海”。所谓“不许片帆入海”，就是严格禁止东南沿海商民船只私自入海，不允许用大陆的产品、货物进行海上贸易。有违禁者，不论官民，俱行正法，货物充公，违禁者的财产赏赐给告发之人；负责执行该禁令的文武各官失察或者不追缉，也要从重治罪；保甲不告发的，即行处死；沿海可停泊舟船的地方，处处严防，不许片帆入海；如有从海上登岸者，失职的防守官员以军法从事，负有领导责任的总督或巡抚也要被议罪。

于成龙刚到福建走马上任，就发现提刑按察使司所管辖的监狱里关押着几千名“通海”的死囚。这些犯人的家属听说来了一位“于青天”，于是成群结队来衙门前喊冤告状。于成龙意识到案件的复杂性，开始夜以继日地审阅卷宗。他发现这些案件的审理和定罪程序很不规范，所谓的“通海”死囚中有很多是被冤枉的老百姓。于成龙时刻铭记“天理良心”，无法容忍这种极不负责，甚至草菅人命的行为。他直接上书巡抚吴兴祚和总督姚启圣，建议为无辜被抓的百姓平反。他说，下海捕鱼是沿海百姓的基本生存保障，倘若误把下海捕鱼的百姓以“通海”罪逮捕，必然会殃及无辜，铸成“冤、假、错”案。平反冤狱一事牵涉到朝廷的海禁政策，也直接关系到督抚的政治责任，姚启圣和吴兴祚再三斟酌，一时难以定夺，未敢贸然答应。

于成龙苦思冥想，却也无可奈何。忽然，他想起征南大将军康亲王杰书带兵镇守福州。这位康王爷是努尔哈赤的曾孙，是清代宗室六大亲王之一，深受康熙皇帝倚重，连福建总督、巡抚这些封疆大吏都得看他的脸色行事。杰书早就听说过于成龙，知道他廉洁奉公，很受皇帝赏识。他听了于成龙对案件的分析，觉得有理，于是决定由于成龙全权负责重审、平反一事，还说如遇什么困难阻力，可随时向他禀报。

得到了康亲王的支持，于成龙立即着手复审案件。提刑按察使司衙门里顿时忙碌起来，一摞一摞的卷宗从档案室搬到大堂上，包括知事、照磨、司狱、经历等在内的大小吏员都被动员起来。他们加班加点复核审查每一份人犯的口供、旁证等原始文件，任何一点细节疑点都不放过。于成龙点灯熬油，重点对一些秋后即将问斩的死囚进行复核。经过连续数月的不懈努力，他们终于将几千犯人的情况查证得清清楚楚。

平反冤狱并非易事，相关的程序也比较烦琐，有些案子反复申报几次，但最终的结论还需等待批复后才能公布。在此期间，于成龙怜惜这些被误囚的百姓，便下令为他们去掉镣铐并改善伙食。不知情的囚犯以为命不久矣，一个个痛哭流涕，不吃不喝。批复既下，于成龙下令释放得到平反的囚犯，囚犯们闻讯，激动得泪如雨下。当这些囚犯走出监狱大门的时候，家属早已在门口望眼欲穿。亲人相见竟恍如隔世一般，纷纷抱头痛哭，衙门口顿时乱作一团。

于成龙高效迅速地解决了之前遗留的“冤、假、错”案，不但安抚了民心，而且也改变了提刑按察使司衙门在百姓心目中的形象。与此同时，释放了那么多囚犯，监狱的压力也得到了缓解，有效缓解了福建的社会矛盾，一定程度上促进了当时的社会稳定和经济复苏。

简讼省刑

在福建按察使任上，于成龙经常深入基层调查研究，从而发现许多影响社会稳定的弊政。经过认真思考，他认为，并非所有的民间矛盾和纠纷，都必须通过打官司这种劳民伤财的方式才能得到合理的解决。为此，他发布《简讼省刑檄》，要求福建各府县衙，一律不得在春耕秋收的农忙时节受理老百姓的上访、告状等民间诉讼。

于成龙强调：“刑期无刑，圣意即经意也。”他活学活用，把康熙皇帝的旨意与儒学经典要义有机结合，从而让高深的政治理论得以指导司法实践。这也是于成龙把王阳明“知行合一”的哲学思想贯彻落实到政务实践中的又一成功范例。

于成龙认为：“值今时届农忙，乱后孑遗，方得归农乐业，大小衙门俱应停讼。”这位四十五岁才入仕当官的老贡生，从山西永宁州到广西罗城、四川合州，再从湖广黄州到福建，不仅对发生在百姓日常生活中的诉讼，有着切身的体会和深刻的认识，而且对官府衙门里那些师爷讼棍和刀笔小吏“吃了原告吃被告”的如意算盘一清二楚。于成龙郑重警告那些企图借民间诉讼发不义之财的官员，不准借官司擅自定罪、索要赎金，不准随意拘拿犯人，影响社会稳定和农业生产。于成龙办案经验丰富，但坚决反对刑讯逼供、徇私舞弊等弊政。他一针见血地指出，有些官员“苛酷淫刑，草菅民命，徇私卖法，巧为轻重”，并奉劝有这种企图和行为的官员，一旦丑事败露，必将被依法严惩。

当然，于成龙主张的“简讼省刑”，并不是让衙门关张歇业，拒绝解决所有的社会矛盾和纠纷。“简讼省刑”是根据具体情况，有所区别地对待诉讼问题，目的就是要狠刹衙门里借办案鱼肉百姓的歪风邪气。至于老百姓间那些鸡毛蒜皮的小矛盾，于成龙认为完全可以通过家族的族长或当地的保甲长这些非官方人士，以某种更加温和柔软的方式协商解决。这样，老百姓既不必耽误农业生产，也不需要破费钱财，更不用闹到为此对簿公堂，事后彼此成仇的局面。由此可见，“简讼省刑”的背后，其实深藏着于成龙对天下苍生的一片苦心和一份挚爱。

严戢衙蠹

于成龙长期在基层州县衙门中工作，对于衙门内的各类不法腐败行为颇为了解，并且深恶痛绝。彼时，作为一州一府的行政长官，他的权力范围十分有限，只能在自己那一亩三分地里尽可能对得起“天地良心”；此时，于成龙作为福建省提刑按察使司衙门的第一责任人，情况就大不一样了。他的本职工作就是对省内官吏进行全方位的监察、考核、督导、查办。为震慑不法官吏，于成龙先后发布了《严戢衙蠹檄》《申饬差扰檄》《申饬招格檄》等公文，严厉指斥："衙役犯赃，首严功令。本司法纪攸司，剔蠹除奸，尤为急务。"他把各级衙门里作奸犯科、营私舞弊的官吏统称为"衙蠹"，指责他们"巨猾老奸，机深术巧"，内外勾结，唯利是图。

于成龙敲山震虎，警告大大小小的"衙蠹"们，别自作聪明，莫以为暗中做的那些瞒天过海的勾当神鬼不知。他说，事情已经查明，在征收赋税、采购军需、案件诉讼等事项中，存在诸如投机取巧、欺上瞒下、牟取暴利的腐败行为。他劝诫贪官污吏们，尽早悬崖勒马、洗心革面，以求从宽处理、保守身家。

于成龙发现，身负监察管理等重大职责的提刑按察使司衙门，并非清清白白的一片净土，自己眼皮子底下居然也有"衙蠹"的生存空间。这些人自以为有提刑按察使司的"金字招牌"作"护身符"，为非作歹、违法乱纪时竟然更加有恃无恐。于成龙严厉斥责这些"衙蠹"伤天害理、误国误民，败坏了国家司法监察部门的声誉，应该予以坚决剔除。

整顿官场

于成龙要求各府、州、县的官员，都要大胆监督提刑按察使司的吏员。一旦发现有违法乱纪的行为，这些人将被押送到提刑按察使司衙门。如果下辖府、州、县的官员，对于上级衙门的吏员不方便执法，也可以直接给于成龙本人写举报信，再由提刑按察使司派得力的官吏予以查办。于成龙深知，这种上下级衙门之间互相揭短的事情相当复杂，不能完全排除其中某些官员假公济私、排斥异己。他说："法在必行，务各恪遵。本司将以此觇该府之风力才干矣。"这话虽是说给各府县官员听的，但表明了于成龙维护司法监察机关使命荣誉的坚定信念和态度。

为了彻底扭转福建省各级衙门的官僚主义作风，从根本上解决"衙蠹"除而不净的问题，于成龙考虑从制度流程角度优化，全面提高各级衙门的办事效率。经过反复研究论证，于成龙推出"风火雷三催号票"制度，使用风、火、雷三级号票，催办衙门公务，一级比一级压力大，一级比一级催得紧。有人说，于公那号票，三分像皇帝遣将，七分像判官催命，就算是官场混子老油条，也要催你个颠三倒四、七荤八素。如果遇见"风"吹不动、"火"烧不急、"雷"打不醒的"老赖"级官员，那就不再讲客气了，直接派遣提刑按察使司的差官缉拿问罪。考虑到下级衙门每次接待上级衙门的传令官员有可能会产生一些费用，于成龙专门设计了一种形似令箭的木签，签上填好年月日，与衙门文件一起寄往各州县衙门，如此便省去了传令官员往返和接待的费用。州县官员接到木签后，如果不能按照上级要求迅速办理相关事项，那提刑按察使司将依据有关司法解释严肃查处相关违纪责任人。

解救奴婢

“三藩之乱”中，耿精忠掠买浙东、江右子女不少。清军平叛后，这些人都被没为奴婢，其中老弱者转死沟壑，随处可见僵尸。这些被掳掠的人口，按照不成文的规定，属于将士们的私人财产，是给将士们做奴婢用的。康亲王统领的八旗大军长期驻扎福建，八旗将领便把战俘和掳掠的人口视为“奴婢”，或长期蓄养供其驱使，或转手倒卖牟取暴利。

于成龙十分同情那些被掳掠为奴的贫苦百姓，深知这种买卖人口、蓄养家奴的现象有悖于“天理良心”，也不利于社会稳定和经济发展。但是，要想彻底解决这样的问题，对于成龙来说确实是一个巨大挑战。

于成龙曾与康亲王聊起这个话题。他试探性地旁敲侧击，想摸一摸康亲王对解决此事的态度。康亲王似乎并没把“奴婢”这件事当成多么大的事儿，而且也不想惹麻烦。

于成龙陷入了沉思，“天理良心”四字让他寝不安枕、茶饭不思，他在为那些素不相识的奴婢的命运心乱如麻。他找到福建总督姚启圣商议此事，商人出身的姚启圣一句话让于成龙茅塞顿开，决定用银子为那些奴婢赎买人身。

理想很丰满，现实很骨感，赎买奴婢的银子从哪里来？于成龙知道，总督姚启圣家境殷实，富甲一方，不用他这个属下开口，他也会略表寸心。但总督一家之力毕竟有限，于成龙还得设法动员那些巨商大贾和豪门望族参与进来。果然，大家看在他这个三品按察使的薄面上，纷纷慷慨解囊。众人拾柴火焰高，赎买奴婢的资金问题迎刃而解。

于成龙赎买回来的人口多达数百人，其中大多数是妇女、儿童和一些老人，籍贯以福建、江西、浙江、广东等省的人口为主。为了让这些与家人失散多年的百姓回归故土，与亲人骨肉团聚，于成龙设法帮助他们解决了路费的问题。有很多被掳掠的少年儿童，赎买回来后没有亲友来认领，自己也没有能力回家，于成龙就暂时把他们收养在自己的官署中，既要管吃管住，还要让他们读书识字。堂堂按察司衙门，红火热闹的倒像个学堂一般，真个是难为于成龙了。

三举“卓异”

于成龙上任福建按察使仅数月，声望政绩就十分突出。康熙十八年是“大计”之年。是年九月，福建总督姚启圣和巡抚吴兴祚认为，福建全省，论廉论能，谁也比不了于成龙。于是，督抚二人联名保举于成龙为福建省当年的“卓异”。吴兴祚的评语是：

> 成龙执法决狱，不徇情面。屡申冤抑，案牍无停。不滥准一词，不轻差一役，而刁讼风息，扰害弊除。捐增监狱口粮，遍济病囚医药。倡赎被掠良民子女数百口，资给路费遣归……为闽省廉能第一。

这是于成龙第三次举“卓异”，在与他同一时期的官员中，实属罕见。

闽疆事宜

十月下旬，于成龙升任福建布政使，俗称“藩台”，为从二品官阶，年俸一百五十五两。布政使主要负责全省的财政税收、民政、官员考绩等事项。布政使衙门下设若干办事机构，配置有都事、经历、照磨、理问等属吏。

在福建布政使任上，于成龙做了四件深得民心的大事。一是为巡抚出谋划策，努力维稳福建大局；二是率先垂范，为福建官场树立风清气正的廉洁标杆；三是借米平市，从别地借米平抑泉州米价以渡难关；四是免征莝夫，两次上书康亲王杰书，要求免征为八旗兵铡草喂马的莝夫。

地处东南沿海的福建省，与台湾岛隔海相望，是清朝中央政权与晚明残余势力军事对峙的桥头堡。八旗兵长期驻扎在福建各州县，由此带来人吃马喂、钱粮供给、民夫征用等诸多问题，也给地方政府造成不小的压力。所以，福建全省的维稳工作事关全局成败，可谓牵一发而动全身。

康熙十九年初春，吴兴祚正准备亲率大军南下作战之际，刚刚出任福建布政使的于成龙，给他上了一封《上吴抚台论闽疆事宜》。于成龙根据福建当时的政治、经济、军事形势，提出了闽疆工作的重点和对策，建议未雨绸缪，稳定后方。吴兴祚喜出望外，看出于成龙真心诚意地为他这个巡抚出谋划策、排忧解难，以便让他专心致志于南征大事。

于成龙建议，大军南征之前，首先，处决陈德枫、林鼎两宗叛乱案的在押罪犯，杀一儆百，震慑人心，如此才能消除福州一带的不安定因素，并可防止流民受人蛊惑而发动叛乱。其次，驻扎在福建各地的军士缺乏训练，普遍存在管理松散、战斗力低下等问题，各营将领必须抓紧军事训练，提高作战能力。其三，福建的许多战略交通枢纽和调兵运粮的通道，例如建宁、延平、邵武等州县，仍然有一些山贼草寇活动。其中一部分山寨势力，迫于压力假意接受招安，实际上仍干着袭扰百姓的勾当。于成龙建议，增兵驻防，以防患于未然。

吴兴祚非常重视于成龙的意见，并且抓紧落实各项措施，从而收到了防微杜渐、事半功倍的效果。吴兴祚举兵南下的那段时间，福建没有发生重大的社会骚乱和动荡，老百姓生产生活秩序井然，并为大军南征提供了必要的物资供给和社会保障。

于公清苦

福建布政使衙署“紫薇堂”，是于成龙处理日常政务的大堂，平日往来办事的各级官员络绎不绝。于成龙专门书写了一副楹联，挂于大堂之上。上联是：

累万盈千，尽是朝廷正赋，倘有侵欺，谁替你披枷戴锁？

下联是：

一丝半缕，无非百姓脂膏，不加珍惜，怎晓得男盗女娼！

布政使主抓一省的财政民生，年俸不过一百五十余两纹银，只够于成龙自己应付日常生活花销，日子过得十分拮据。但是，身居高位、手握大权的于成龙，严令禁止下属官员向上级送礼行贿。当时，福建沿海码头停泊着外国商船，上面装满了香料、瓷器、金银等贵重物品，商人们千方百计想接近于成龙，想用物质利益诱惑他，但都被他严词拒绝。不少来自京城的达官显贵，有时会到于成龙的衙署办事或做客，他们见于成龙简陋的居室与清贫的生活，无不感到震惊。他们感慨万千："于公清苦，天下一人而已。"于成龙却一笑置之，并以十分平静的语气讲出一番道理。他说自己就喜欢过布衣粗食的俭朴生活，能够解决温饱，就已经心满意足了。人生在世，积攒那么多的钱财做什么用呢？人们听了这话，纷纷表达了由衷的敬意："于公，天下第一清官也。"

平抑米价

康熙十九年春天，福建省稻米价格出现大幅波动，泉州府的稻米价格涨幅之大，引得泉州百姓民怨沸腾，甚至惊动了福建布政使于成龙。福建总督姚启圣和巡抚吴兴祚，听了于成龙的汇报，深感事态严重，一面请求朝廷户部拨款救济，一面积极采取措施干预泉州米市。

经过市场调研，于成龙制订了一套因地制宜的方案，并上报巡抚吴兴祚。吴兴祚批准了于成龙的方案，允许他先从国家储备粮库中筹借一部分稻米，以解泉州府燃眉之急。接着，于成龙从米价相对稳定的一些州县筹集了五千石稻米，迅速运往泉州府，以平抑不断暴涨的米价。之后，于成龙又连夜上了一封《上姚制台议捐济禀》，向姚启圣详细汇报了解决泉州米市的思路。

姚启圣爱民如子，不仅慷慨解囊一次性捐出了五千两纹银，还要求下属各司道府县合计捐出五千两纹银。姚启圣指示，让于成龙立即用这一万两纹银采购大约六千石稻米，运往泉州救急。巡抚吴兴祚家底薄，拿不出什么私产捐赠，只好从部队的军饷中临时调拨了三万两银子，用于救济泉州百姓生计。

于成龙认为，泉州米价的大幅波动，既有市场供需之间的矛盾，也有某些不法商人操纵价格的因素。官府出手干预市场，平抑米价，必须综合治理，坚决打击囤积居奇、哄抬米价的不法奸商。只要朝廷拨款救市，市场就会逐渐转暖，米价也会逐步稳定。

求罢莝夫

康熙十九年初春，数百名八旗兵聚众闯入福建一些州县的衙门大堂寻衅滋事，威逼知县征派铡草喂马的莝夫。知县好言相劝，说要等巡抚衙门下达公文才能征调莝夫，但八旗官兵不依不饶、态度嚣张，甚至以污言秽语辱骂知县。老百姓闻讯，人心惶惶，担心官府迫于八旗官兵的压力，又向民间开征莝夫。很快，州县出现了停业罢市、聚集闹事的情况，随时可能引发大规模群体事件。

各地府县官员不敢怠慢，连夜开会商议对策。布政使于成龙接连上书康亲王，先后写了《公上康亲王求罢莝夫启》《再肃上康亲王启》，言辞剀切，力劝康亲王以民心向背为重，收回成命。于成龙引经据典，讲道：

> 得天下有道，得其民，斯得天下矣；得其民有道，得其心，斯得其民矣……是国与民相倚之切，千古诚不可诬，载诸简册，可考而知也。

于成龙还搬出了康熙皇帝说事儿，说当年京师地震，太和殿失火，康熙皇帝下了《罪己诏》，不仅自我检讨，还请大家伙帮着挑刺找毛病。最后，于成龙请求康亲王，为了江山社稷和天下百姓，一定要收回征调莝夫的手谕。

许多官员心底打鼓，都为于成龙捏着一把冷汗，担心如此耿直惹恼了康亲王，丢官罢职事小，只怕脑袋搬家也并非没有可能。于成龙似乎并不害怕，心里只有“天理良心”四个字，全然不顾个人去留安危。好在康亲王十分了解于成龙的人品性情，知道他绝非那种哗众取宠、沽名钓誉之人，不仅没有难为于成龙，而且大大方方地宣布收回手谕，从此不再征调莝夫。

消息很快传遍福建各州县，大街小巷一片欢声笑语，人们对仗义执言、为民请命的布政使于成龙的感激之情难以言表。但于成龙心里十分清楚，胳膊再粗，也拧不过大腿。假如没有康熙皇帝苦心营造的良好政治生态环境，没有康亲王的头脑冷静和大局意识，仅凭他于成龙一个从二品的汉员布政使，就算丢了顶戴花翎，甚至拼却一腔热血，恐怕也难以挽狂澜于既倒。

九、深入基层的直隶“一把手”

康熙十九年三月，于成龙获皇帝“特简”，升任直隶巡抚。身为封疆大吏“一把手”的于成龙，依然保持着深入基层调查研究的工作作风，上任伊始即着手“直隶新政”。

请求陛见

康熙十九年春，于成龙获康熙皇帝“特简”，升任直隶巡抚。虽说官阶仍是从二品，俸银仍是一百五十五两，但权限地位大不一样。能为天子守国门、掌管京畿重地的直隶巡抚，非皇帝倚重之臣不能任其职。特别是清初，直隶巡抚这样的职位，一般都由旗人担任，像于成龙这样副榜贡生出身的汉员官吏，大概率来讲是不可能有机会担任直隶巡抚的。

直隶，顾名思义，就是直接隶属的意思。古代的“直隶”地区，往往指天子的心腹之地。“直隶”的称谓最早见于北宋，规定“以州领县”，而直属京师管辖的地区通称为“直隶”。明朝自永乐初年建都北京后，把直接隶属的北京地区称为北直隶，简称“北直”，大体相当于今天北京、天津、河北省以及河南省、山东省的一部分地区；而把直接隶属南京的地区称为“南直隶”，简称“南直”，大体相当于今天江苏、安徽、上海两省一市。

清初，改南直隶为江南省，改北直隶为直隶省，管辖范围与明朝大致相同。直隶不设置总督，只设置巡抚，巡抚衙门设在保定府。巡抚之下，也不设承宣布政使和提刑按察使，布政使和按察使的职责，由“守道”和“巡道”分别承担。作为直隶地区的最高军政长官并兼都察院右副都御史，巡抚位高权重，上马管军，下马管民，同时还有监察弹劾文武百官的权力。

于成龙接到朝廷的任命，大约是在康熙十九年三月。康熙十八年春就任福建按察使，同年十月又升任福建布政使，时隔不足一年，突然又获皇帝“特简”升任直隶巡抚，于成龙的顶戴花翎更换之快，多少有点让人眼花缭乱。于成龙深知，若非康熙皇帝认可，仅凭他个人的资历、声望和功绩，要想在如此短的时间里做到直隶巡抚，几乎是不可能的。

年逾花甲的于成龙，洒泪告别福州父老，经过几千里的舟车劳顿，直到六月份才抵达直隶巡抚衙门驻地保定府。

于成龙一路颠簸，一路思考。他既感到皇恩浩荡，让自己这个垂暮之人还能有机会报效国家，同时心中也不免有几分犹疑、几分惶恐，尤其担心自己能否在京畿重地办好差事。那年，华北大平原正遭遇百年不遇的大旱。去保定的路上，于成龙见土地龟裂，目睹逃荒的老百姓拖儿带女、背井离乡；而那些州官县吏依旧在衙门里悠闲自在，漫不经心地消磨着大好时光。至于老百姓的安危死活，似乎与他们没有半文钱的关系。

于成龙到了保定巡抚衙门，一连几日心神不定，寝食难安。琢磨来琢磨去，他心里横竖不踏实，于是萌生出去京城觐见皇帝的念头。从保定到京城，不过三百余里，可谓近在咫尺，抬腿即到。如果能获准进京觐见天颜，一来可以当面叩谢皇恩，二来也可以亲耳聆听皇上对直隶工作的指示，这样也许能少走一些弯路，少犯一些错误。思忖至此，于成龙睡意全无。他披衣下床，点灯提笔，字斟句酌地给康熙上书一封《请陛见疏》。

二十七岁的康熙皇帝，端坐于乾清宫西南的南书房中，轻轻展开于成龙的《请陛见疏》，字迹工整的蝇头小楷映入眼帘：

> 今既谬叨皇恩，优升巡抚，且自保定前赴京都，计程三百余里，与他省相隔迢递者不同。况直隶系畿辅重地，连岁荒旱频仍，黎庶困苦。臣系庸才，必得天语指示，庶足抚莅兹土……

康熙大概也想见一见这位传说中的“于青天”，看看他究竟有何过人之处，不仅三举“卓异”，还让百姓感恩戴德。但转念一想，于成龙毕竟是六十多岁的老人了，刚刚从福州长途奔波到了保定，怎好再让他辛苦来京觐见？再说，以后见面的日子还多呢，何必着急忙慌地跑这一趟。想到此，康熙提笔写下一行朱批小楷：

> 于成龙简任巡抚，正资料理，不必来京陛见。

话虽简短，却饱含着年轻皇帝对一位股肱老臣的深切关怀和体恤。这份来自紫禁城南书房的关照，想必于成龙也能体会到。他把皇帝的朱批真迹仔细收藏好，静下心来，慢慢梳理直隶政务中最紧要者。

直隶新政

身为“一把手”的于成龙，依然保持着深入基层调查研究的工作习惯，在直隶各地微服访察。他发现州县中存在官员腐败的问题，一些官吏利用办差的机会额外摊派苛捐杂税，比如“火耗”等，让百姓的负担加重；灾情波及许多州县乡镇，老百姓生活十分艰难，有些官府不积极赈济灾民，反而大肆贪污、行贿受贿；有些地方社会风气污浊，吃喝嫖赌、坑蒙拐骗等等时有发生；有些州县的旗人与汉人的矛盾尖锐，相互争夺水源、耕地和房屋，经常发生大规模械斗，导致生命财产损失严重。

于成龙深感直隶社会问题严重，其中政治经济矛盾相互交织，必须下大力气整顿治理，才能逐步解决。于成龙决定在直隶推行新政，举措如下：一是颁布《饬查劣员檄》，整顿各级衙门，严惩贪官污吏。二是颁布《严饬佐贰擅理词讼檄》，明确正副职事权，严禁越权干政行为。三是颁布《严禁馈送檄》，狠刹官场请客送礼之风。四是颁布《严禁火耗谕》，明令禁止各级衙门非法收取“火耗”。五是颁布《严禁奢靡檄》，倡导节俭，反对奢侈浪费。六是颁布《严禁略卖檄》，坚决打击贩卖人口的行为。七是颁布《严饬协拿盗贼檄》《严禁赌博谕》《驱逐流娼檄》等，以打击盗窃、赌博和卖淫嫖娼等行为。八是颁布《再饬植树浚井檄》，倡导植树造林、兴修水利、劝课农桑。九是上书朝廷《请禁讦告以正名义疏》，明令严禁各级官吏挟怨报复、以下犯上，互结冤仇。十是调研灾情，先赈后奏，缓征赋税，动用国家储备粮救济灾区。十一是颁布《弭盗条约》《续增条约》，大力推行保甲制度，动员各州县全民弭盗。

饬查劣员

直隶广大地区灾情严重，老百姓生活艰难，而一些顽劣的吏员不但不体恤民生，反而变本加厉地搜刮敲诈。针对这种情况，于成龙下基层访察调研，并颁布《饬查劣员檄》传发至直隶各道、府、州、县衙门。这份措辞严厉、直击要害的檄文，不啻为新任巡抚向贪官污吏们下的一纸战书。于成龙在檄文中慷慨陈词：老百姓可怜至极“仅存皮骨”，而官府顽劣吏员“种种不法，殊可痛恨”。他要求各道府州县的主官，“务将不肖贪酷官员，据实揭报，以凭飞章参处”；对于那些倚老卖老、尸位素餐的昏庸官员，也必须调查清楚，上报直隶衙门。同时，他指出，各道府主要负责人如果敢弄虚作假、隐瞒不报，或拖延耽搁，决不姑息养奸，必严惩不贷。

直隶下属各道府州县的官员，对于成龙在湖广、福建的所作所为早有耳闻，虽然还没见着真佛，却已被这篇寒气逼人的檄文弄得心惊胆战，惶惶不可终日。

严禁越权

于成龙到直隶后，经常深入各道、府、州、县调查研究，发现各级官府普遍存在一个问题，就是正、副职之间责任分工不明确，副职经常违规越界处理事务。由此产生的种种矛盾和弊端，既有损官府形象，也影响同僚之间的合作。于是，他针对这一现象发布了《严饬佐贰擅理词讼檄》。于成龙在这篇檄文中明确指出，各道、府、州县的副职官员都有自己的职责范畴，包括钱粮领解、追逃捕盗、私贩巡检等事项，都是副职官员权限之内的事情；但是，凡属民事纠纷和相关司法问题的调解审判，都是正职官员主管的事项，比如田产纠纷、婚姻矛盾、打架斗殴、人命官司等，副职官员不得直接插手干预。

严禁馈送

于成龙担任直隶巡抚后的第一个中秋节前，发生了这样一件事。临近中午，家仆忽然来报，说大名县知县登门造访。于成龙记得去大名县访察时，曾与这位知县有过一面之交，但并无来往交情。见面后，大名知县说，此次是专程来贺中秋的，同时奉上一份礼单。于成龙心中不悦，脸色冷峻，并严厉斥责了大名知县。逢年过节，亲朋好友互访，乃是人之常情，原本无可厚非。但身为朝廷命官，趁着年节给上级官员奉送节礼，如此事情的性质就有所不同了。

于成龙深知，趁年节送礼行贿拉关系，绝非偶然，若不狠刹此风，危害不可小觑。中秋之夜，于成龙伏案起草了一份《严禁馈送檄》，第二天便下发至直隶各道、府、州、县衙门。他专门提到了那位大名知县，并说："本应题参，姑念初犯，暂从宽宥。"他明确指出，同僚之间，如果级别相当，礼尚往来，还说得过去；但如果名分相差悬殊，还以"用下敬上，礼顺人情"为名给长官送礼，不但礼法上解释不通，其实质无异于"以下犯上"。于成龙干脆给直隶官场立下规矩：“凡遇重阳、冬至、元宵等节，并过路送礼，各衙门概行禁止。如有私相馈献，查出并行题参，决不姑宽。”于成龙的檄文起到了敲山震虎的作用，也让直隶各道、府、州、县衙门大大小小的官吏们，领教了这位新任直隶“一把手”的不同凡响。

严禁“火耗”

清朝的“火耗”的问题十分普遍，一直是困扰百姓的一块心病。广西罗城有“火耗”，四川合州有“火耗”，湖广黄州也有“火耗”。可以说，于成龙一路走来，也只能走一地，解决一地，坚持不懈，死磕不休。虽然说“火耗”问题由来已久，而且似乎也能找出一些看似合理的理由，比如官员俸禄太低、办公经费不足等等。但这些理由，在于成龙看来，根本禁不起三推六问。对于那些借“火耗”之名榨取民脂民膏的官吏，于成龙怒斥道：“种种窃脂之行，无异窃盗。”他在《严禁火耗谕》中明确指出：

> 朝廷则壤以定赋，百姓按则以输粮，原有一定之规。在州县各官，身为民牧，亦当上体朝廷德意，下念百姓困苦，按则征收，更不可意为轻重。

于成龙严令各道、府、州、县，禁止征收“火耗”，且必须“洗心涤虑，痛除积习”。但总有一些人抱着侥幸心理，将于成龙的忠告当作耳旁风，伸手触碰底钱。青县有一位知县，名叫赵履谦，平日为人谦和，一副人畜无害的样子。但就是这位赵知县，居然暗地里收了三千余两的“火耗”，而且还贪污赈灾银子一千多两。不但如此，他还借口制作报灾文册，向民间摊派银两，把这些钱也贪污了。俗话说，天下没有不透风的墙。没过多久，此事便传到了于成龙耳朵里，一身正气的于成龙眼中岂能揉得沙子，立即上疏参劾，并罢免了他的官职。

为了挽救那些不思悔改、阳奉阴违继续征收“火耗”的不法官吏，于成龙苦口婆心地劝说：

> 敲鸠形鹄面之骨，吸卖儿鬻女之髓，以遂一身一家之欲。忍心害理，祸必不远，天道好报，决不爽期。总以为幽眇难凭，且顾目前。然国法具在，本院决不敢循纵以玩功令。

于成龙知道，“火耗”的问题由来已久，其中看似也有合理的因素，但从“天理良心”的层面讲，那些所谓的理由苍白乏力，且难以自圆其说。几十年后，雍正即位，清朝政府才勉强解决了这个问题，明令将“火耗”归公，给官员发放“养廉银”，给官府拨发一定的办公经费。

严禁奢靡

于成龙在直隶任职期间，有一名官员给他留下了深刻的印象，那就是直隶守道董秉忠。董秉忠生性木讷，不苟言笑。在于成龙看来，这一点不但不是什么缺点，甚至可以说是优点，正符合孔夫子所谓“君子欲讷于言而敏于行”的儒家道德规范。

于成龙非常认可董秉忠的人品和能力，所以当董秉忠提出治理直隶的四项建议时，立即引起了他的关注。董秉忠关于“力崇节俭”的建议，于成龙表示十分赞成，并加入了以直隶巡抚名义发布的《严禁奢靡檄》。于成龙认为，直隶各地存在严重的铺张浪费、追求奢华的社会风气，而这种社会风气的根源就在于官府衙门的导向有问题。他要求各道、府、州、县的吏员，都要牢记“粒食之不可暴弃，非分之足以丧身”的道理，同时劝诫官员，办理婚丧大事的宴席要适可而止，不能大讲排场。于成龙在檄文中说：

> 天地之生财，止有此数。过用则易竭，奢费必不支。且暴殄狼籍，凶札随之，必然之理也。

其实，康熙皇帝曾颁布《上谕十六条》，其中第五条“尚节俭以惜财用”便是当时的基本国策。为此，于成龙要求各级官吏率先垂范，先从自身节俭做起，然后“恳切化谕”属下百姓，让大家知道“粒食之不可暴弃，非分之足以丧身”。与此同时，于成龙要求民间的“乡约”要负起责任，在每月初一、十五都要认真宣讲康熙皇帝的《上谕十六条》；民间识文断字的先生、德高望重的老者，也要努力教育自己的家人、族人和亲戚，以倡导节俭朴素的社会风尚。于成龙认为，只要大家一起努力，坚持不懈，“村里之间，将见古朴可风，物力常余。日积不见多，而岁积则日盈。苟逢水旱灾荒，未必遂致捉襟而露肘也”。

禁贩人口

于成龙任直隶巡抚之初，正遇直隶饥荒，虽然朝廷蠲免了赋税，也通过粜粮等措施进行赈济，但贫苦的百姓仍然度日艰难。于成龙在一些州县基层察访调研时发现，受灾州县普遍存在卖儿鬻女的现象。有些从外地来的人口贩子为获不义之财，与当地恶棍勾结，采取各种非法手段，将灾区的人口低价贩往外地，从中牟取暴利。但是，一些地方官吏对贩卖人口的事情视而不见，不担当，不作为，甚至公然接受贿赂，与人口贩子沆瀣一气，甘当这些人的“护身符”。于成龙了解到这些情况后，勃然大怒，认为地方官不管不问，属于“溺职”。他痛斥那些州县官员是猪油蒙了心，违背“天理良心”，必须严惩不贷。

他发布《严禁略卖檄》，要求直隶的主管官员认真查访外来人口贩子与本地恶棍勾结贩卖人口的案件，一经发现，立即将其捉拿法办。如果地方官仍然“不恤小民困苦，任其辗转贩卖”，一旦查实，就要以“溺职”罪参劾罢官。

治盗安民

清朝初年，直隶境内盗匪横行，乱象丛生。初到直隶的于成龙也注意到了这一问题，他深入调查后发现，盗贼“出没无常，呼朋引类，纠党非一处之人，朝西暮东，行止无一定之所”。盗贼往往在邻近州县流窜作案，跟官府玩猫捉耗子的游戏。甚至有贼人胆大包天，夜里在官府衙门前纵马狂奔，可谓嚣张至极。官府抓不住盗贼，索性睁一只眼闭一只眼，任其晓行夜宿、为所欲为。

于成龙大为震怒，接连发布了《严饬协拿盗贼檄》和《饬查防守地方檄》，要求直隶所属州县，加派兵勇，驻守关隘，严防盗贼越境作案或者逃逸。与此同时，他要求各地方官要密切配合，同心协力缉拿盗贼，不得相互扯皮推诿，更不许故意为盗贼开脱。

严禁赌博

于成龙在直隶各地访察时，发现许多地方都有聚众赌博的现象，而开设赌局者，往往是“地头蛇”或帮会势力。而普通百姓一旦染上赌博恶习，轻者赌债缠身、一贫如洗，重者家破人亡、沦落街头。

对于赌博恶习，于成龙深恶痛绝之。他在《严禁赌博谕》中指出：

乃有奸猾之徒，希图厚利，开设赌场。贪痴之辈，堕入局中，相聚赌博，昼夜不息。开场之家，独得其利。赢者百无一二，输者比比皆是，以致赀财荡尽，田房准折一空。栖止无所，谋生无策。

正是因为于成龙看到了赌博对社会经济和百姓生活的严重危害，他才坚决要求彻底取缔赌博，严厉打击那些开设赌场的“奸猾之徒”。与此同时，他也鼓励人们举报揭发聚众赌博行为，并给予举报者重奖。

驱逐流娼

在严禁赌博的同时，于成龙又针对流娼问题展开深入调查。清朝禁止官员嫖娼，但并不禁止看戏。当时，有些女戏班是不能进京城演出的，她们常在各府州县活动，其中有的女优便沦为了流娼。于成龙在调查中发现，许多官府吏役为了讨流娼、女优的欢心，甚至偷盗衙门府库中的银两，铸成重大刑事案件。于成龙认为，流娼和女优的存在，不仅破坏了公序良俗，而且对社会的政治经济稳定也构成某种危害，必须彻底予以取缔。为此，于成龙发布《驱逐流娼檄》，要求各州县衙门立即将那些在境内活动的流娼和女优驱逐干净，不许她们继续在乡镇集市居住或演戏，更不许官府吏役留宿流娼和女优处。

植树浚井

于成龙认为，“培天地自然之利”，才能达到“裕吾民衣食之源”的目的。到任直隶巡抚当年，他就提出植树浚井的想法，认为要优化居住环境、提高生活质量，就必须在房前屋后多种树，尤其要广植桑麻等经济林木；同时，为解决农林用水灌溉的问题，就要多打水井，有效利用地下水资源。他下令要求地方官员劝导、督率百姓们广植桑麻，多浚井泉。但是，各地方并没有几个官员认真对待巡抚大人的命令。他们以各种理由推诿，有的说当地风土不适合，有的说当地凿井无利，有的干脆只是走一走过场，做一做样子。于成龙见大多数州县的落实情况都不理想，便开始寻找症结所在。不承想，他在察访过程中发现，安肃县的做法颇见成效。

安肃县的知县姓王，为人质朴厚道，工作踏实认真，深受百姓拥戴。于成龙在安肃县的街头惊奇地发现，孩子们传唱的歌谣，竟然是关于“植树浚井”的。原来，这些歌谣都是王知县根据于成龙的“植树浚井令”改编的。他把歌词张贴在乡村，鼓励百姓多浚井泉、广植树木。据说，王知县陪于成龙察访民情，于成龙随口问道：“安肃县总共打了多少井？种了多少棵树？”

“全县共计打井两千五百二十眼，植树九万八千九百六十棵。”王知县不慌不忙，对答如流。

于成龙听了十分满意，但心中不免有几分诧异：王知县对挖了多少井、种了多少树这样具体的事都了如指掌、如数家珍，真是难能可贵！

于成龙又问："偌大一个安肃县，为什么绿柳成荫、槐香四溢，却唯独不见桑麻的影子呢？"

王知县微微一笑说："回巡抚大人，桑麻可供产丝织布，但本县土质不好，桑麻树苗易死难活，却偏偏适宜栽植柳槐，故而家家户户种柳植槐。而且槐米是珍贵药材，柳条可以编箩做筐，都能卖钱贴补百姓生活。"

于成龙听罢，深感有必要在直隶全境推广"安肃经验"。不久，于成龙发布《再饬植树浚井檄》，表彰了安肃王知县，还把他编写的歌谣颁发各处，要求各地方广为传播。于成龙在檄文中讲：

> 若谓方物不类，地土异宜，即有不宜于桑，无有不宜于麻者。且如榆柳之类，乃最易生之物，又不择地而可期长茂者。至泉源与土脉流通，无地无水。即或原隰高下不同，一邑之中，间有石碛流沙，亦自无多，其土深壤沃之处，无不可为井。此二事，劳仅一时，坐享长久之利，民何惮而不为，官亦何惮而不劝也？

作为二品大员，于成龙说起桑、麻、榆、柳和农田水利的事情，不仅饶有兴致、娓娓道来，而且分析透彻、鞭辟入里，理论与实践紧密结合，俨然一副农林和水利问题的专家学者风采。

请禁讦告

“直隶新政”的一系列措施，势必触及方方面面利害关系的调整，尤其是引起了既得利益集团内部的微妙变化，从而导致官僚体系内发生反噬性“内卷”。直隶各道、府、州、县刮起一股下级举报上级，甚至上下级之间无原则“互撕”的不正之风。由此导致的官府上下级关系紧张，人人自危，各地方官无心理政，直接影响到官府的公信力和执行力。

康熙十九年中秋节刚过，一封来自献县的举报信就递到了直隶巡抚衙门，举报人是河间府献县知县乔国栋。于成龙见过这位乔知县，知道此人虽出身寒微，却生性耿倔，脾气火暴。乔国栋在举报信中大吐苦水，说只因为中秋节没有给顶头上司——河间知府徐可先送礼，便遭到打击报复。乔国栋还翻出陈年旧账，说徐可先早年间曾做过一些违法乱纪的事情，要求巡抚衙门彻查此案。于成龙看罢举报信，令直隶守道董秉忠与直隶巡道一起查办此案。

“乔国栋举报上司案”震动直隶官场，一时流言蜚语满天飞，于成龙亦为此事大为恼火。一波未平一波又起，永清县知县万某，实名举报四品道台沈志礼贪污库银、收受贿赂，要求巡抚衙门严惩。于成龙心烦意乱，却又无可奈何，只得让巡道追查核实此案。献县、永清二县主官，相继举报上级官员，引起于成龙的警觉与思考。他知道，长此以往，如果任此风发展，大概率会导致直隶官场动荡，甚至会引发官僚体系的系统性崩溃风险，令人细思极恐。

于成龙认为献县和永清县发生的事绝非偶然，也并非孤立的事件，同类的问题应该在全国范围内都不同程度地存在。他认为有必要上书朝廷反映此事，以求得朝廷对解决此类事件给予政策性指导。于是，于成龙上了一封《请禁讦告以正名义疏》，向吏部和康熙皇帝汇报了此事，并陈述了自己对此类事件的看法和思考。他认为州县官员举报上级主官，会助长以下犯上的风气，从而增加系统性社会风险。同时，他也提出了上下体统的问题，类似如果巡抚不查处道、府官员的违法问题，应如何处理巡抚？对“反噬挟制”上级的下级官员，又该如何处理？……

康熙皇帝和吏部对于成龙的奏疏高度重视。吏部认为，巡抚查处道、府官员违法之事，有章可循，依法办理即可。至于对“反噬挟制”官员的处理，吏部援引“京察大计”中的成例，认为对类似举报不应受理，举报人有官职的革职，已革职的交与刑部议罪。

康熙对吏部的指导性意见表示同意，下旨“依议”，将这条新规定下发全国各省，一体遵行。

先赈后奏

于成龙在直隶巡抚任上时间虽短，但大量的时间精力都花在了赈灾的事情上。康熙十九年初冬，宣府所属东西二城和怀安、蔚州二卫，有一千八百多顷耕地被水冲沙压，已经无法耕种，灾情十万火急。据宣府通判陈天栋禀报，因受灾严重，粮食缺乏，宣府东、西二城已经饿死数十名百姓。接到宣府的告急文书，于成龙立即在直隶衙门召开紧急会议商讨对策。有人提醒于成龙，朝廷在赈灾流程上有严格规定，必须由道、府、州、县衙门逐级将灾情报至省衙，再由省衙上报至户部，户部请旨复议确认后，再依据灾情轻重下达赈灾命令，才能动用国家储备粮仓库的存粮赈济灾民。即便是总督巡抚这样的封疆大吏，也不得擅自做主开仓赈灾。于成龙深知，若按部就班走完整个流程，少说也得要一个多月的时间，到时不知又要饿死多少灾民？于成龙认为，“天理良心”不允许他坐失解民倒悬的机会，任何犹豫延迟都将铸成大错。

时间就是生命，必须争分夺秒与时间赛跑，才能挽救更多受灾百姓的生命。于成龙经过再三考虑，决定先赈灾后奏请，如果流程上有什么疏漏，风险全由他这个直隶巡抚一人承担。

既然巡抚大人发了话，下属们哪个还敢怠慢，大家立即行动起来。保定知府何玉如自告奋勇，带领手下人快马加鞭赶往宣府开展赈灾。于成龙长期担任府县基层官员，对于如何赈灾等事宜，可以说是轻车熟路。首先，他命令宣府官员立即打开国家储备粮仓库放赈，每人给二斗，以解燃眉之急。这一举措非常及时，许多“囊无一钱、僵卧待毙之民”得到救济，才得以幸免一死。但他们并不知道，挽救芸芸众生幸免于难的“于青天”，却面临着巨大的政治风险。赈灾的同时，于成龙向朝廷上疏说明了情况：

伏思平粜粮石，止救稍能措籴之民，而不能救囊无一钱、僵卧待毙之民。即再疏请赈，候部议覆，奉旨允行，亦须一月。此一月之内，民之饥死者又不知凡几矣。

户部接到于成龙的奏疏后，深知事关重大，虽说“先赈后奏”就灾情实际而言完全讲得通，但如何回复于成龙，关键还要看康熙皇帝的意见。

康熙皇帝是一个认真的人，同时也是一个明白人。最为重要的是，他对于成龙的人品十分看重，知道他做事的“初心”都是为了天下黎庶和江山社稷。康熙皇帝同意于成龙的应对之策，当然也就把“先赈后奏”的事一笔勾销了。

斋戒求雨

于成龙受儒学“天人感应”和佛教“因果报应”等思想的影响，认为天灾起于人祸，总是直隶各级官员的德行不够才导致水旱频仍。早在康熙十九年冬天，他便持斋三个月，诚心忏悔，祈祷来年能风调雨顺。康熙二十年正月，于成龙因担心春旱无雨，怕影响小麦收成，于是带领直隶衙门的文武官员举行了隆重的祈雨仪式。

七八月历来是华北平原最闷热的时节，烈日炎炎，热浪翻滚，万里长空没有一团云朵。骄阳把大田里的庄稼炙烤得枯萎焦黄，绿意和生机早已荡然无存。直隶巡抚于成龙、守道董秉忠等直隶官员，在真定府知府、同知、通判一行人的陪同下，视察了曲阳、平山、井陉、获鹿、灵寿等五县的旱情。

于成龙站在田埂上，手里拿着空瘪的麦穗，神色忧郁地对在场的大小官员们说："今年的小麦肯定是没指望了，恐怕老百姓又要饿肚子了。怎么办？我们这些人不能坐视不管，你们都说一说吧。"

董秉忠见众人沉默不语，开口道："抚台大人，可否请求户部再减免一些赋税？"

于成龙想了想，说："不当家不知柴米贵，户部也有许多难处。但真定府的事，本抚定奏请朝廷帮助解决。"

户部接到直隶衙门的奏报后，急忙向康熙皇帝请示。康熙批复，暂缓征收真定府五县当年的房税银。虽然说房税银每年每间只征收二钱银子，但对于大多数百姓来说，一分一厘都是弥足珍贵，几两散碎银子，足以解决小户人家几个月的柴米油盐。

九月，北京依然酷热难耐，直隶各地的灾情始终未见缓解。康熙皇帝也坐不住了，他亲率朝廷文武重臣十余人，到近畿州县视察灾情和赈灾情况，直隶巡抚于成龙全程陪同。在直隶霸州视察时，看到水患严重，康熙当即下旨酌情减免霸州百姓的赋税。于成龙心情激动，当即大礼拜谢皇恩浩荡，并请示可否免除霸州当年的赋税。康熙未曾犹豫，立刻就同意了，还夸赞于成龙身为封疆大吏，却用心良苦，能体恤小民百姓之生计维艰。

编制保甲

当时的直隶，虽说是天子脚下的近畿重地，但社会治安状况不好，甚至可以说问题颇为严重，入室偷盗、拦路抢劫、杀人越货等案件层出不穷，老百姓缺乏起码的安全感，也让官府的治理压力很大。

于成龙到任后，先下基层调查研究，分析研究直隶社会治安问题的症结和成因。直隶盗匪的根源，实际上是清初弊政造成的。于成龙把直隶与广西、湖广的情况进行横向比较，发现直隶的盗匪与罗城、黄州盗匪的性质不同，他们既没有山寨组织背景，也没有公开造反。因此，于成龙决定一方面加强治安管理，抓紧侦破大案要案，通缉追捕重要嫌犯；另一方面在直隶各道、府、州、县大力推行保甲制度，全民动员，依靠全社会的力量开展综合治理，从根本上消除盗匪滋生的土壤。

于成龙在直隶各地深入调查研究的基础上，先是颁布了《弭盗条约》，确立了“保甲制”在社会治安综合治理体系中的主体地位，形成了直隶地域特色的保甲制。

《弭盗条约》主要包括十三项内容：一是每十户人家编为一甲，每甲选德高望重者为甲长，其余九家须听从甲长约束。二是详细登记各家人口情况，设立门单，门单由甲长统一保管。三是一甲之内，九户人家（不包括甲长户）必须相互担保，证明某家人口没有违法乱纪之事，保单交由甲长管理。如蒙混具结、庇护罪犯的，一经查出，作保的九户人家各打三十大板，并拘禁两个月，以示惩戒。四是凡家户中有犯罪前科者且甲内八家不愿为其担保，允许其本人到官府说明情况，官府另建一册备案。五是甲长钉一甲簿，凡甲内人家外出行走者，都要注明其去向、往返日期、同行人等情况，否则采用杖责和带枷游行的办法处置。六是甲长不识字，可由邻居代替登记。甲长外出期间，其余九户人家要将甲长行动的具体情况写在甲簿上。七是城镇旅店经营户，须钉一簿，详细登记入住客人年龄、特征、籍贯、住离时间、所携之物等情况。若遇可疑情况，及时向甲长或保长报告。八是“绅衿”人家，身份地位特殊，因体统问题，不便与庶民编为一甲的，地方官应该根据情况，酌情另行登记，根据其名分高下，另外钉几个册子。因为之前发生过武举、武生做强盗的案例，所以这些人也必须互相作保才行。九是各乡村组织村民利用农闲时构筑栅栏、围墙，甲长负责组织村民守夜值勤，发现盗匪立刻敲锣、放炮示警，全村出动，共同防御。如果将盗匪御于栅栏围墙之外，赏红布五尺；如果盗匪已入栅栏围墙，但能够及时救护不致失事，赏红布一丈；如果能将盗匪打死或擒拿，赏红布一匹。如果巡夜、救护不力，造成失事者，要报官追究。十是依村庄大小不同，有的只编一甲，有的能编数十甲。甲数多的，公选贤能者为保长，听其统一指挥；甲数少的则与邻村共同选出一位保长，也统一指挥实行全村联防或者多村联防。御盗有功绩的，官府也视情况给予赏银。消极纵盗者，要追究治罪。十一是清查民间私藏武器的情况，百姓可酌留一部分武器用于防盗自卫，但必须刻上主人姓名，并登记在册，严格管理；百姓家中多余的武器要上缴给官府，官府按价赔偿。十二是调查清点居住在旗人圈占庄的百姓情况，要求查明家数，并编入附近的甲内。有抗拒不服者，官府就抓捕他们的亲属，以确保把他们编入保甲，严重抗法的还要枷责治罪。十三是保甲内的老百姓，如有穷困潦倒者，甲长要如实向官府报告，并为其申请救济。如果编入保甲的老百姓，因贫困而卖身为奴，或者冻饿而死，要追究甲长、保长或者地方官的责任。

实施了一段时间，于成龙发现，在黄州等地行之有效的保甲制似乎在直隶并未达到预期的效果，社会矛盾、盗匪问题依然。为此，于成龙又颁布了《续增条约》。《续增条约》主要内容是“弭盗”：一是以铁腕手段对付“直隶大盗”。于成龙要求各地官府组织捕快缜密侦查，摸清情况以后，由巡抚衙门直接派兵负责抓捕行动。一旦捕获“直隶大盗”，立即将其处死，以儆效尤。二是针对各地豪强地主与盗匪相互勾结、沆瀣一气的情况，于成龙要求直隶各地方官要洁身自好，不要与豪强地主和盗匪势力拉扯不清，甚至形成利益共同体；同时提醒各地官府要把握时机，尽量分化瓦解盗匪势力。三是对于盗贼较多的乡村，甚至几代人都与盗匪势力有染的人家，也要将其编入保甲，并挑选合适的人做甲长和保长。充分利用宵禁制度辨别抓捕盗贼，无论有无证据，都要对夜间四处游走的人拘捕问罪，这样就会对潜在的罪犯形成强大的心理压力。四是要求直隶各地方官提高警惕，做好自我防护，衙门里要建敌楼，随时防范盗匪的袭击。五是严禁民间赌博。

州县官员不得避重就轻，只抓捕参与赌博的平民百姓，却对开设赌场的盗匪势力睁一只眼闭一只眼。于成龙指责那些不作为、乱作为、坑害百姓的官员说：

> 地方官平日不肯禁赌，养成盗党。及至事犯，把入伙的穷民拿来一例枭斩，于心忍乎？此种罪过，都在地方官身上，只是贪财迷窍，全不思想杀了这些穷人，到阴司底下哪个不嚷闹？终究一命要还一命，远在儿孙近在自身。

由此可见，当时地方官员的腐败问题已经相当严重，身为直隶巡抚、二品大员的于成龙对于基层衙门的黑幕，虽然知之甚深，却苦无良策，只能表达一下心中愤懑而已。

十、与皇帝的“零距离”接触

康熙二十年二月五日，六十五岁的直隶巡抚于成龙奉诏入觐。康熙皇帝命人给于成龙赐座上茶，君臣二人“零距离”接触，相谈甚欢。

奉诏入觐

康熙二十年对于成龙来说，可能是终生难以忘怀的一年，因为他两次奉诏入觐。这一年，于成龙已是“乡音无改鬓毛衰”的银髯老翁，而年仅二十七岁的康熙，正是风华正茂的青年。

于成龙进入康熙皇帝视线的时间，应该不会晚于康熙十八年，于成龙刚任福建按察使数月。那年，福建总督姚启圣和巡抚吴兴祚联名保举于成龙为福建省的“卓异”。也就在这一次，于成龙的名字让年轻的康熙皇帝眼前一亮。当时康熙刚阅罢福建省督抚保举于成龙的奏折，不禁倍觉欣喜。他起身在书房里兴奋地来回踱步，心中思忖，喃喃自语：“我大清竟有如此廉能并兼之臣，何患不能整肃纲纪、治隆汉唐？”少顷，康熙提笔写下批复：

> 于成龙清介自持，才能素著，允称卓异。

康熙二十年二月五日，于成龙奉诏入觐。这次入觐，既是于成龙长久以来的心愿，也是机缘巧合下的一次会面。当时康熙皇帝两位已故皇后的灵柩要移葬清东陵，工部将这项任务派给了直隶衙门，并由于成龙全程负责移送两位皇后的灵柩。于成龙趁此机会上奏康熙皇帝，请求办差途中觐见。康熙皇帝正好也想了解一下直隶人事方面的情况，由此于成龙奉诏入觐。

于成龙在午门外下了马车，准备步行进入紫禁城，却见从里面走出一位内廷太监，微笑着对于成龙说：“皇上有口谕说，巡抚年老不胜步，宜少坐。”说罢，又让侍卫搬出一把紫檀圈椅，请于成龙坐下小憩片刻，稍后再入宫觐见皇上。

二十七岁的康熙，如此怜惜老臣于成龙，连入宫行走这样的细节都事先想到了。二月的北京仍然天寒地冻，但于成龙心里却温暖如春。他对康熙皇帝仰慕已久，早就盼着能有一天觐见天颜。

康熙皇帝也十分高兴，早已命太监准备了上好的奶茶，并让于成龙坐下回话。两人谈得甚为投机，从罗城聊到合州，又从黄州说到福建。康熙皇帝对于成龙单骑上东山招抚刘君孚山寨的事颇感兴趣，便问：“你在黄州单骑招抚土贼，你是怎么说服那些土贼的？”

曾经沧海的于成龙，并不想在年轻的皇帝面前炫耀，也不想邀功，只是淡淡地答道：“微臣只是宣布皇上的威德，并没有其他的本事。”应该说，这样的答复并不符合实际情况，占山为王、扯旗造反的刘君孚，早就将脑袋拴到了裤腰带上，当然不会惧怕什么“皇上的威德”。但作为于成龙来说，他不能把残酷斗争中的弯弯绕绕、七荤八素都讲给皇上听，所以也只能笼统地讲一下。

康熙皇帝深知于成龙起步于州县，基层工作经验很丰富，但作为封疆大吏、股肱重臣，还有待不断磨砺和提高。为此，康熙皇帝从治国理政的高度寄语于成龙：“为政之道，当知大体，小聪小察，不足为多。且人贵始终一节，尔其勉之。”接着，康熙皇帝切入正题，问：“直隶还有哪些清官廉吏？”

于成龙不假思索地说：“知县谢锡衮、同知何玉如、通州知州于成龙都是清廉可靠之人。”

康熙皇帝点点头说：“直隶有你做巡抚，还有这些清廉可靠之臣，朕可以无忧了。”

此刻，于成龙并不清楚皇帝问话的真正用意。其实，康熙已经在酝酿直隶和两江的人事调整。君臣一直聊到用膳时间，康熙皇帝特意赐宴，让于成龙品尝宫廷御厨的手艺。待酒足饭饱，于成龙起身拜谢告辞，康熙皇帝才让太监将于成龙送出宫去。

于成龙入宫觐见康熙后，继续忙碌移葬两位皇后的事情。这天上午，忽闻钦差驾到，于成龙急忙跪迎听宣。于成龙认得这位钦差是库勒纳，在翰林院做掌院学士。库勒纳宣读了康熙皇帝的口谕：

> 于成龙起家外吏，即以廉明著闻，洊陟巡抚，益励清操。凡在亲戚交游请托者，概行峻拒。所属人员并亲友，间有馈遗，一介不取。朕甚嘉之。知其家计凉薄，特赐内帑银一千两，朕亲乘良马一匹，以示鼓励。

于成龙非常感激康熙皇帝对自己的认可和厚爱。他知道内帑银不同于国库银，属于皇家私有财产，而御马是皇帝最为钟爱之物。这般礼遇，足见皇帝对自己的看重。此事过去不久，大约也就是六七天时间，武英殿大学士纳兰明珠、翰林院掌院学士库勒纳、一等侍卫对亲一干人等，奉旨来到于成龙在沙河的临时住所，带来了康熙亲书的诗稿赐给于成龙。于成龙手捧诗稿，心潮澎湃，泪流满面，叩首拜谢皇恩："成龙何德何能，竟蒙皇上如此错爱，虽肝脑涂地、粉身碎骨，恐亦难报圣恩于万一。"

康熙皇帝为于成龙撰写的是一首五律诗，诗前还有序言：

> 直隶巡抚于成龙秉性淳朴，廉介夙闻，朕心嘉赖。俾典节钺，保禧畿辅。惟能激浊扬清，始终如一。清洁之操，白首弥厉。真国家之所重，人所不能也。兹来陛见，爰赐以诗，用示鼓励之义，且以风有位焉。

其诗曰：

> 自昔崇廉治，勤思吏道澄。
> 郊圻王化始，锁钥重臣膺。
> 政绩闻留牍，风期素饮冰。
> 勖哉贞晚节，褒命日钦承。

康熙皇帝这样的褒奖之词，在康熙一朝六十年间，不要说是副榜贡生出身的汉臣，就算是科举正途选出的满臣，也是极其罕见的。

大约在三月中旬，于成龙圆满完成了移葬两位皇后的差事，再次来到紫禁城汇报工作。这次康熙由于政务繁忙，没有召见于成龙，而是传旨再赐给他一匹御马，又派太监端来皇帝御赐的香茗。

于成龙饮罢御赐香茗，跪在午门外叩首谢恩，然后牵上御赐的宝马良驹，依依不舍地离了帝都，匆匆回保定去了。

雄县陛见

时隔半年左右，也就是康熙二十年九月，自幼就喜欢骑马射箭的康熙皇帝，率一众皇亲贵胄来到隶属于保定府的雄县狩猎。当时于成龙正在保定巡抚衙门开会，笔帖式朗图进来禀报，说皇上正在雄县狩猎，问于成龙是否前往。于成龙想了想，说皇上难得闲暇，出京放松一下心情，切不可打扰添乱。于是，他派朗图到雄县去向皇帝请安。

康熙刚刚狩猎回来，见朗图来了，当即赏赐了野兔、大雁、野鸭、鹿等许多猎物，让他带回去，给于成龙和直隶衙门的官员们分享一下野味。他让朗图转告于成龙，可以来雄县行宫见驾议事。朗图回到直隶巡抚衙门，向于成龙汇报了见驾的情形，于成龙自是满心欢喜。他把皇上赏赐的猎物，分给直隶巡抚衙门的官员，让大家都感受浩荡皇恩，分享天降雨露。

保定城离雄县不远，于成龙到了行宫的时候，康熙皇帝已准备启程回京城了。见于成龙过来请安，康熙心里也十分高兴，便让御厨用刚猎获的野兔、大雁、黄羊等做了几道美味佳肴，又把最好的马奶酒摆上，让于成龙美美地喝了个够。皇上一边吃着，一边听于成龙讲直隶的问题，诸如减赋降税、赈济灾民、驿站改造等重大事项，基本上都得到了皇上的大力支持。

午宴结束时，康熙赐给于成龙一件银鼠褂和一坛马奶酒，说："老巡抚，朕这次出来狩猎，没带什么稀罕东西，这银鼠褂和马奶酒都是宫里用的东西，你权当留个念想吧。"于成龙感激万分，忙跪下三叩九拜答谢皇恩。

临行，康熙正欲挥鞭策马，却发现于成龙步履蹒跚地刚走出行宫大门。康熙放下马鞭，耐心等着于成龙走过来。于成龙感慨万千，深知皇上顾念他上了年纪，才格外体恤怜惜。于成龙率直隶巡抚衙门的官员一起叩谢皇上，山呼万岁。康熙皇帝在马上点点头，示意群臣平身。于成龙目光如炬，仰望着年轻的皇帝，看着他扬鞭策马、绝尘而去……

回籍葬母

于成龙自顺治十八年离家做官之后，就一直未能侍母行孝，这也成为他一生的遗憾。在黄州知府任上，他就曾请求退休回乡，以便在年老体弱的继母床前略尽孝道，但当时"三藩之乱"正炽而未获恩准。康熙十五年十月，于成龙继母李氏病逝。按规制，于成龙礼当"丁忧"，但又因"三藩之乱"未平而被"夺情留任"。之后，从湖广到福建，再到直隶，公务缠身的于成龙始终未能如愿回籍葬母。康熙二十年岁尾，于成龙向康熙皇帝上书《请假归葬疏》，请求回乡葬母：

臣早年失恃，继母李氏勤劬抚育。臣初任知县，欲奉母之任，而力有不能。及任黄州知府，正值兵兴，终未遂迎养之私。寻闻母病故，督抚之臣题留在任守制。由是抱哀供职，驰驱军旅之间，而臣母停柩在家，不遑顾也。今滇南逆孽荡平，我皇上诞敷文德，首扶植纲常，敦崇伦理。臣谬任巡抚，代宣圣化，亦惟以纲常伦理教人。际太平盛时，非复从前多事。若不归葬，是贪恋显荣，忘亲背义。对属临民之际，先处怀惭歉，又何以教人乎？伏乞允臣回籍葬母，完此一生大事。则犬马余年，皆报圣恩之日。

古人云：人非草木，孰能无情？巡抚是血肉之躯，皇帝也是，常人有的七情六欲、悲天悯人，他们也都有。于成龙没有掩饰自己的情感，更没有什么豪言壮语。他仅仅是用极其朴实的文字表达了一个儿子的无奈，也展现出极其真切的家国情怀。

康熙皇帝阅罢奏折，提笔写下这样的文字：

览奏，情辞恳切，准假三个月，回籍葬母。事竣速赴任供职。

就在于成龙获准回籍葬母但尚未成行之际，康熙皇帝又颁布了一道圣旨，任命于成龙为两江总督，兼兵部右侍郎、都察院右副都御史。这还是年前发生的事儿，于成龙自己还都蒙圈着呢。谁知大年刚过，皇上的圣旨又下来了。这道圣旨把于成龙的兼衔从兵部右侍郎改为了兵部尚书，于成龙由此成了从一品的封疆大吏。

老话讲，当局者迷，旁观者清。但作为这件事情的当局者，于成龙自己看得非常清楚，一点儿都不迷糊。别看康熙皇帝年纪轻轻，尚未到而立之年，但在治国理政上却非常有天分，甚至可以说十分成熟老辣。那年，他在南京明孝陵考察参观后，曾为明太祖朱元璋的文治武功所震撼，亲笔题写了“治隆唐宋”的匾额，表达了对这位出身寒门、白手起家的汉人政治家的由衷钦佩。这一举动释放出一个信息，即在历史文化的传承上，满汉一家，不分彼此。康熙皇帝要创建独步千古、媲美汉唐的大一统帝国，亟须培养造就大批的“于成龙式”的清官廉吏。因此，大力提拔表彰于成龙，使之成为全国各级官员学习效法的标杆，就成为康熙皇帝整顿吏治、提高理政能效的一个有力抓手。对此，康熙皇帝和于成龙都心知肚明，但有些事情只可意会，不可言传。

三月初，于成龙经由太行八陉之一的井陉口，过固关（娘子关），入晋中盆地，回到了家乡永宁州。

于成龙对井陉口和固关的一草一木十分熟悉，如今故地重游，睹物生情，难免感慨万千，遂作《恩假归里葬亲过固关作》：

行行复过井陉口，白发皤皤非旧颜。

回首粤川多壮志，劳心闽楚少余闲。
钦承帝命巡畿辅，新沐皇恩出固关。
四十年前经过地，于今一别到三山。

于成龙回到故里，按习俗为继母李氏、亡父于时煌以及早年亡故的生母田氏进行合葬。合葬仪典如何举办？亲友食宿如何安顿？各项费用如何支出？这些琐碎杂事自然不需于成龙操心，于廷翼、于廷劢、于廷元三兄弟和族人早已安排妥当。所需费用，幸而有康熙皇帝下赐的一千两内帑银子支应。除了支付所有开销以外，于成龙还将剩余的银子周济了村里的贫困户。

此外，于时煌还享受到皇帝敕封的荣誉称号：中宪大夫、湖广黄州府知府、通议大夫、巡抚直隶等处地方、都察院右副都御史等。生前凭借“捐纳”获得“鸿胪寺序班”闲职的于时煌，大概做梦也想不到，死后能获得如此殊荣。当然，就算于成龙本人，恐怕也是始料未及的。

于成龙的生母田氏和继母李氏，分别获得皇帝敕封的“恭人”“淑人”“一品太夫人”等荣号。于成龙的祖父于采，也得到了皇帝敕封的“通议大夫、巡抚直隶等处地方、都察院右副都御史”等荣号，祖母张氏，则被敕封为“淑人”。

虽说这些荣号并没有多少实际意义，但在那个时代能够享此殊荣的家族，一方面实在是凤毛麟角、少之又少；另一方面确实得到了社会各阶层普遍的认同和推崇，成为那个时代光宗耀祖的经典范例。

于成龙把安葬继母的大事办完之后，感到身心俱疲，便偷闲小憩了数日。这难得的休闲时光，倒也让六十六岁的于成龙稍稍享受了一下儿孙绕膝的天伦之乐。此时此刻，于成龙多么想过闲云野鹤、东篱采菊的退休生活啊！但这种念头也就是想想而已，他知道，自己早已把一切都交给了这个国家，即所谓“犬马余年，皆报圣恩之日”。看看皇帝给的三个月假期尚有余暇，一向闲不住的于成龙，便想利用这段时间再了却一桩心事。

《于氏家训》

在外做官多年，见多识广的于成龙，其实早就有写一部《于氏家训》的想法，甚至也可以说，这是他人生阅历的总结和最后的愿望。在于成龙看来，家庭教育是极其重要的人生课堂，所以一定要把自己对于人生和社会的理解与认知诉诸文字，让子孙后人引以为戒、少犯错误。

这部《于氏家训》共计四十二条，收录于《于氏宗谱》卷五。在《家训》中，于成龙首先谈了人与人之间如何相处的问题，比如孝敬父母、兄弟相亲、族人和谐、夫妻互敬、善待奴婢等等；其次是对族人子弟的殷切规劝，包括劝学、劝勤、劝俭、劝诚、劝仁、劝善、劝忍等等；其三是就一些生活细节问题做出了具体的规范和指导，如种田者应该如何、做生意者应该如何、娶媳嫁女应该如何等等。其四是关于为人处世的一些告诫，如“居心不可刻薄”“不可结怨于人”“凡事不可做尽”等等。最后，于成龙恳切地说道：“以上四十二条，皆我亲身阅历，件件有著。凡我后人，勿谓其迂远而忽之也。”

于成龙撰写的《家训》文字朴实无华、通俗易懂，看似浅显却意义深刻，具有较为普遍的社会教育意义。但是，作为封建时代的朝廷大臣，于成龙的思想观念不可能不受封建社会主流意识的影响，他所撰写的《家训》当然也不可避免地带有一些封建时代的烙印。

十一、驱骡车从一品大吏赴江宁

康熙二十年深冬，朝廷特旨任命于成龙为两江总督兼兵部尚书、都察院右副都御史。康熙二十一年春，于成龙由三子于廷元陪护，雇了一辆骡车，不声不响地取道太原府，辗转数千里往江宁城赴任去了。

两江总督

四月的江南，风景如画，美不胜收，不知古今有多少文人骚客陶醉于四月的江南。于成龙的情感世界，似乎没有那么多的风花雪月和浪漫情调，尽管他也懂得诗情画意，甚至有时也会对酒当歌。但是，这次从山西到江宁一路走来，他根本无暇欣赏沿途的风光春色，更没有雅兴睹物生情、赋诗言志。一路之上耳闻目睹的情况，让他内心的压力越来越大，甚至感觉有点透不过气来。

于成龙深知两江地区的重要性。两江地区不仅地跨江淮三省、幅员辽阔、人口稠密，而且是清朝政府最大的粮盐基地和最富庶的财政税源地。

两江总督府驻在江宁府，这里既是历史悠久的六朝古都，也是达官显贵扎堆儿、豪门望族聚居的一线大都市。江宁这些“钟鸣鼎食之家，诗书簪缨之族”都有着深厚的政治背景和人脉关系，往往是牵一发而动全身，弄不好一石激起千层浪，甚至会惊动“天庭大神”。从州县基层一步一个脚印走过来的于成龙，心里十分清楚，要想在这种地方站稳脚跟、干出政绩，其难度、风险之大，几乎无法预料。

就拿当时掌管江宁织造的曹玺来讲，其父曹振彦原属正白旗包衣，后追随多尔衮入关，因屡立战功，遂获得两浙盐运使的官职。后来，曹玺入宫担任内廷二等侍卫，掌管銮仪事务；其妻孙氏则成为康熙的乳母，幼年康熙十分依恋孙氏。曹玺之子曹寅，是康熙的发小兼伴读，十六岁时曾任御前侍卫。据说当年康熙生擒鳌拜，曹寅就立下了汗马功劳。二十八岁时，曹寅任内务府慎刑司郎中，协理江宁织造。这种尊荣彰显的家世背景，甚至让许多上三旗的王公贵胄、皇亲国戚都望尘莫及，而于成龙这样一位副贡出身的汉人两江总督，在曹氏家族的法眼中究竟值几斤几两，还真不好说。

康熙二年，曹玺外放担任江宁织造，成为名副其实的江南财神爷。同时，他还有一个更为重要的使命，就是暗中监视两江地区的文武官员，从事政治情报的收集工作，随时用密折向康熙禀报舆情。曹玺生前任江宁织造，被授予“正一品”衔，直到康熙二十三年去世。曹玺死后，其子曹寅继任江宁织造，并被授予正三品的“通政使司通政使”，还兼任两淮巡盐御史。康熙创立“点对点”的奏折制度，而能直接给皇上递折子的人极少，曹寅却有这样的特权。康熙六下江南，除了第一次住在江宁将军府，其余五次都钦点曹家接驾，并下榻于江宁织造府邸。康熙在曹府宅院见到乳母孙氏时，据史载：“上见之，色喜。”并对旁人说：“此吾家老人也。”康熙赏赐孙氏许多奇珍异宝，又赐书“萱瑞堂”匾额，足见曹家的圣恩极宠，在大江南北一时风光无两。

作为康熙皇帝钦点的两江总督，于成龙当然必须全面掌握两江地区的政治、军事、经济、文化各领域的情况，其中也包括类似曹家这种豪门巨族与朝廷之间错综复杂的关系。于成龙在幼子于廷元的陪护下，乘一辆骡车不声不响地进了江宁城里的两江总督衙门。一路风尘仆仆、车马劳顿，于成龙一边调研江淮流域的舆情民风，一边默默地思考接下来将如何治理两江的新课题。

有关于成龙从山西到江宁的行程，历史上有多种不同版本，其中熊赐履和陈廷敬二人的记载比较相近，也较为可信。两人与于成龙为同时代人，而且彼此之间又非常熟络。陈廷敬与于成龙是山西老乡，他说于成龙是“单骑孤装赴江宁”，乍听颇有一种英雄之气，容易让人联想到“千里走单骑”的关云长。但仔细想想，如果“单骑”是指孤身策马而行的话，那么对于一位年过花甲的老翁而言，显然是力所不能及的。所以，陈廷敬的说法，基本上真实可信，但略带一些文学的渲染。

熊赐履记录的则是另一番情形，说于成龙父子二人，搭乘一匹骡子拉的轿车，身上仅带了少许铜钱。两人晓行夜宿，只住那些便宜的小客栈，这样一路到了江宁。这样写出来很像传奇故事，肯定也很吸引眼球，但是历史记载毕竟不同于传奇故事，真实性和逻辑性都要禁得起推敲。当年于成龙去广西罗城赴任，尚且“典田卖屋”凑了一百多两银子，带了四名仆从。而今，于成龙已是堂堂从一品大员，千里赴任，仅由一子相随为伴。这样做不是不可能，问题是这样做的必要性在哪里？再说从永宁州到江宁，遥遥数千里，又要翻山越岭，又要过河渡江，朝廷从一品大员的人身安全，难道不需要有所考虑吗？万一遇见山贼草寇、剪径强人怎么办？所以，熊赐履的记载也并非无懈可击。

另外，还有记载说，江宁城的官员提前打听到于成龙即将大驾莅临，于是都穿戴整齐到城门外列队，摆好了仪仗恭迎新总督。

不料，等来等去等了个寂寞，新总督早已微服入城，独自坐在总督衙门大堂上了。这种故事情节的设置，既有情理之中的悬念，又有意料之外的刺激，特别适合影视剧观众期待的戏剧效果。那么，初来乍到，于成龙为什么非要把满城文武当猴儿耍，演这样一出让大家灰头土脸、丢人败兴的闹剧呢？难道新总督风尘仆仆、远道而来，江宁满城文武略尽地主之谊，搞一个欢迎新总督莅临的仪式，有什么不妥吗？但影视编导大概不愿深究其中的道理，只用“艺术的真实不同于历史的真实”这句话来化解质疑。

两江总督是清朝封疆大吏之一（当时全国设八大总督，除两江总督外，其余还有直隶、闽浙、湖广、陕甘、四川、两广、云贵总督），简称为“制台”，全称为“总督江南江西等处地方军务，兼理粮饷、操江”。于成龙的兼职为“兵部尚书兼都察院右副都御史”，一方面表明他是朝廷派出的钦差身份，另一方面赋予他军事指挥和监察官员的职权。

两江总督管辖的地理范围，大致包括江苏（含上海）、安徽、江西三省一市。总督的年俸为一百八十两，职责是“厘治军民，综制文武，察举官吏，修饬封疆”，下属官员包括参将、副将等武官。理论上讲，两江地区的巡抚、布政使、按察使等官员，也归总督领导。但实际上，巡抚拥有直接上疏朝廷的权力，并不完全受制于总督，甚至可以与总督形成相互牵制的关系。于成龙做两江总督整整两年，两江三省公务之繁杂、肩上责任之重大，令其感觉如履薄冰、身心俱疲。

康熙皇帝把于成龙派到繁华的两江地区做总督，主要目的在于“振饬纲纪，移风易俗”，因为两江地区是整个中国经济文化最发达但治理难度也最大的地方之一。宋明以来，中国商品经济和市民阶层的兴起主要集中于长江三角洲地区，而明清中央政府财政收入的很大一部分也是源自此地。魏晋隋唐以来，为躲避中原战乱，从黄河流域陆续南迁的世家望族，逐步改变了长江流域文化相对落后的状况，并使长三角地区成为最发达的文化精英汇聚之地。明清时期，两江地区书院众多，读书蔚然成风，通过科举步入仕途者甚众，而江南地区最大的贡院就设在江宁。两江地区，豪门巨族盘根错节，市民阶层思想活跃，晚明遗风屡禁不止。康熙皇帝认为，这种状况如果任其发展而不加以干预，势必造成尾大不掉、难以控制的局面。

康熙皇帝曾试图从根本上改变明代沿袭下来的奢华之风，提出：

> 夫淳厚以立德，节俭以足用，厉俗之良规也。而民心日偷，浇漓益甚，何以使孝友之行笃于门内，奢淫之习绝于里闬欤？

大臣熊赐履也注意到当地社会风气的问题日益严重，说：

> 臣观今日风俗奢侈凌越，不可殚述。一裘而费中人之产，

一宴而靡终岁之需，舆隶披贵介之衣，娼优拟命妇之饰，此饥之本，寒之源，而盗贼狱讼所由起也。

康熙皇帝一方面从整顿吏治着手，积极举措；另一方面在民间大力倡导崇尚节俭的社会风气。

从政经验十分丰富的于成龙，深知康熙皇帝的良苦用心，决心以强有力的措施治理好两江地区。在两江总督任上，于成龙大力推行新政，多管齐下，标本兼治，整顿风纪，打击豪强黑恶势力，为百姓舒危解困，赢得了江南地区人民的普遍欢迎和尊重。

两江新政

于成龙两江新政的主要内容包括：一是坚决反对穷奢极欲、铺张浪费，大力倡导勤俭节约，并撰写了《劝民节俭歌》《劝令节俭谕》。二是大力整顿社会治安，编制保甲制度，颁布《弭盗安民条约》《革秋审陋规檄》《清理狱禁通行檄》等新规，重拳打击黑恶势力及其“保护伞”，斩杀江宁黑帮大哥鱼壳。三是向朝廷上书《请暂停江苏举劾疏》《请补江宁知府疏》，主张以“特疏”的方式，不拘一格选贤任能，提拔重用德才兼备者。四是颁布《咨访利弊通行檄》《兴利除弊条约》等新规，严禁衙门收取“火耗”，杜绝送礼、私派、滥差等非法勾当。五是颁布《饬励学政事宜》，兴学重教，严厉查处学政与地方官员相互勾结，以杜绝营私舞弊，为国家培养有用之才。六是编写《忍字歌》，提倡缓解矛盾纠纷，营造宽容忍让、和谐融洽的社会氛围和人际关系。

移风易俗

于成龙一贯主张社会各阶层和谐共生，邻里亲友互敬互爱，为人处世要行善积德、乐天知命。他采用各种方法劝化百姓、移风易俗，为此还编写了《忍字歌》，其中谈道：

试观不忍致百殃，方知忍字召千祥。
我且细说你细听，忍中妙义难思量。
除却臣忠与子孝，天伦大义首纲常。
若使兄弟共能忍，岂肯同气相阋墙。
若使夫妻共能忍，岂致反目生乖张。
若使朋友共能忍，岂教《谷风》兴怨伤。
若待妯娌能以忍，满门和气自吉昌。
若待婢仆能以忍，合家鼓舞共趋跄。
若待姻亲能以忍，有时急难来相商。
若待邻里能以忍，有时贫乏常相帮。

于成龙从儒家经典和浩瀚的历史典籍中汲取营养，又结合自己入仕以来的政治实践，逐步树立起“以民为本”的思想，有效地处理和协调社会各群体之间的利害关系。他遵照康熙皇帝“有益于民者即行之”的旨意，妥善处理一切与老百姓息息相关的事务。凡是与民生相关的事情，他都要细加筹划，按部就班，小心谨慎地落到实处。这种务实的工作态度，正是康熙皇帝积极倡导的作风。康熙曾对地方督抚工作有过明确指示，说：

> 是以朕孜孜图治，亦皆崇尚实政，不贵空言，督抚系地方大吏，凡关系民生，兴利除弊，有裨风化，鼓舞士子，果有真知灼见者，即应竭虑殚心，见诸躬行，以利地方。

此外，从吕梁贫困山区走出来的于成龙，无论在什么地方做官，一直倡导勤俭节约。百忙之中，他还编写了一些深入浅出、朗朗上口的诗词歌谣来劝导人们，《劝民节俭歌》是其中之一，选摘如下：

> 贫穷之家固宜俭，贫可自存免贷息。
> 富贵之家亦宜俭，富可长保免卖拆。
> 粗茶淡饭尽可饱，何苦珍馐侈罗列？
> 总然下了三寸喉，一般滋味无分别。
> 褐衣缊袍尽可暖，何苦锦绮炫鲜洁？
> 总然遮得七尺体，一般寒暑无差择。
> 土壁茅檐尽可居，何苦栋宇雕丹碧？
> 总然住得百年身，一般坐卧无奇特。

留得甘旨养父母，何苦鼎烹宴宾客？
留得膏粱饱妻儿，何苦冶游费杯席？
留得余财周宗族，何苦邀福事仙佛？
留得余粟散乡党，何苦信邪求巫觋？
慎勿征歌爱选声，慎勿贪淫爱鱼色。
慎勿画船竞箫鼓，慎勿宝马装鞍勒。
酒楼茶肆切莫登，法物玩器切莫觅。
入庙烧香都是虚，演戏酬神亦无益。
江宁秦淮苏虎丘，扬州红桥好风月。
人道快游名胜场，我道浪费金钱窟。

《劝民节俭歌》一百余句，其中不乏寓意深刻、辞章精辟之语。各地乡约及书院学生广泛宣讲传播《劝民节俭歌》，使城乡百姓耳濡目染、心领神会，获得了较好的社会宣传效益。

于成龙的劝导之举收到了明显效果，仅仅数月，江宁城中的风气就发生了巨大变化。一些豪门巨富人家纷纷脱掉了华丽的丝绸礼服，许多有权有势的人家上街时也减少了轿夫和随从的人数，平日婚庆用的锣鼓乐队也都不用了。甚至有劣迹斑斑的豪强地主，因担心被追责而举家搬离了江宁。这一幕鲜活而生动的历史画面，被《清史稿》记录下来：

江南俗侈丽，相率易布衣。士大夫家为减舆从、毁丹垩，婚嫁不用音乐，豪猾率家远避。

熊赐履在《于成龙墓志铭》中描述了当时江宁城中的情形：

南中人闻公简命，则亦骇汗股栗，转相告语曰："于青天来矣，我侪尚如此装饰耶？"

由此可见，于成龙的声名远播，早已成为康熙皇帝手中无形的治国利器。当然，两江地区社会风气的改变，不可能仅仅因为于成龙的声望和他写的歌谣，而是由于之后相继出台的法令法规和重大举措。正如熊赐履耳闻目睹的真实情况：

盖公未入境，而江淮间已大改观矣。公至，则绳之益力，略无假借。惩刁顽、抑僭滥、禁苞苴、革加派、举廉劾贪、劝学讲约，期月之间，两江数千里盖骎骎乎丕变矣。

鱼壳伏法

中国历史上的江湖文化，尽管受到以儒家思想为圭臬的主流意识的排斥，但始终在社会的边缘顽强生存。江湖中的侠客，作为一种特殊的社会人群，以其特立独行的生存方式，对封建社会的道德规范和法律制度构成现实的挑战和威胁。所以，韩非子在《韩非·五蠹》中指出："儒以文乱法，侠以武犯禁。"而王夫之则在《读通鉴论》中说:“有天下而听任侠人,世不乱者,鲜矣。”可见,任何一个强大的封建帝国都不可能容忍侠客群体的自由生长,必然将其视为社会的毒瘤加以打击铲除。

于成龙取道江宁的途中,就听到一些关于“侠盗鱼壳”的传闻。这个名为“鱼壳”的江洋大盗,是江宁城中家喻户晓、妇孺皆知的人物,甚至也可以说是两江地区黑恶势力的典型。鱼壳之所以在江宁如此嚣张,并且长期逍遥法外,主要是因为有一位身居江宁都统要职的八旗将军做“保护伞”。江宁知府衙门当然惹不起八旗将军,所以也就拿鱼壳毫无办法。

于成龙走马上任两江总督后,立即向以“鱼壳”为首的江宁黑恶势力以及他们背后的“保护伞”表明了态度,决不允许他们继续为非作歹、称霸一方。但鱼壳仗着自己武艺高强,又有八旗军方背景的加持,并没有把新任总督放在眼里。为了展示自己的黑社会实力,他居然在秦淮河上举行了一个“江湖兄弟大会盟”。这不是明目张胆地向新任总督挑衅吗?

这天正午时分,秦淮河上鼓乐齐鸣、旌旗招展,来自两江各地黑帮码头的大哥小弟、各路豪杰,在秦淮人家大酒楼啸聚一堂。街头巷尾,百姓们站在河岸边看热闹,只听酒楼上推杯换盏、猜拳行令声不绝于耳。酒过三巡,鱼壳站起来,以江宁黑道大哥的身份,粗声大气地讲了一通江湖形势与任务,鼓励兄弟们大干一场。

最后,鱼壳放下酒杯,干咳两声说:“兄弟们呀,这金陵城自古是咱们兄弟的地盘,咱的地盘咱做主!什么‘鱼青天’‘虾青天’，到头来都得从哪来回哪去！俗话说，铁打的营盘流水的兵嘛，咱兄弟的江山是铁打铜铸的，谁也动不了！”

他的黑帮兄弟们听罢，欢呼雀跃，鱼壳频频举杯与众人痛饮。正当鱼壳得意忘形之际，一个破衣烂衫的乞丐突然出现在他面前。鱼壳上下打量一下乞丐，感觉此人来者不善，便手执匕首扎起一块带毛的生猪肉，送到那乞丐嘴边。那乞丐张嘴咬住带毛生猪肉，一口便吞了下去。此举顿时赢得现场一片喝彩声。有人悄悄告诉鱼壳，这个乞丐不是别人，正是名震江南的大捕头雷翠亭。鱼壳暗自一惊，回头再看秦淮河两岸，不知何时早已布满了兵丁衙役，三步一岗，五步一哨，显然官府事先早有安排。

鱼壳的那些兄弟都悄悄地操起了家伙，只等鱼壳一声令下就立刻开打。但鱼壳知道，暴力拒捕只会连累更多的兄弟，他可不想吃这种眼前亏。鱼壳抱拳嘿嘿一笑说：“今日真是天公作美啊！既然雷大捕头亲自出马，我鱼壳也不好驳您的面子，少不得就随您走上一趟。反正在这江宁城的一亩三分地上，衙门也好，监狱也罢，其实跟住在我家里也没多大区别。”

雷翠亭微微一笑，说：“鱼壳老弟果然识时务、知轻重。雷某奉命执法，多有得罪，请吧！”

江宁府的两名捕快走过来，给鱼壳带上木枷锁梏，押上了早已准备好的木笼囚车，在大众疑惑不解的目光注视下，绝尘而去。

鱼壳被捕入狱的消息不胫而走，迅速传遍了江宁城，甚至震动了两江地区的黑白两道。那位给鱼壳当“保护伞”的江宁都统八旗将军，担心鱼壳被捕后牵连到自己，整日坐卧不安，派人四处打探消息。

江宁坊间对此事议论纷纷，众人以为凭鱼壳缩骨翻墙的高超本领，小小的江宁府衙监狱根本关不住他。况且他背后还有八旗军方的“保护伞”，两江总督于成龙未必能把鱼壳怎样。

但事情的结局，几乎让所有人都惊掉了下巴，名扬两江的鱼壳认罪伏法，在江宁城的西市刑场被当众斩首。

围绕此事的坊间传言，可谓众说纷纭，各种版本莫衷一是。其中有一种传闻听上去还比较靠谱，说鱼壳一入狱就嚷着要见于成龙，狱卒说总督大人太忙，没工夫搭理他。第三天深夜，鱼壳使用缩骨大法，轻而易举地从狱中逃脱。但他没有一走了之，而是趁着月黑风高，悄悄摸进了两江总督府。他想杀了于成龙，制造一起惊天大案，从此他鱼壳便名扬天下。

深夜，于成龙秉烛伏案，正草拟《示亲民官自省六戒》。他不停地咳嗽，一边写一边念叨：“长吏近民，虽自己足食，尤当思民之无食者；自己披衣，亦当思民之无衣者。推此一心，纵令衣食淡薄，尚且不能消受。而又欲起侈丽之想乎？”

这时，一位青年走到案前说：“爹爹，夜深了，您还没吃晚饭呢。”

于成龙抬起头来说：“哦，廷元，还没睡？爹不饿，你把中午吃剩的菜粥热一热，盛一碗给爹就行了。”

于廷元答应着出去，少顷端了一碗菜粥放在案头，说：“爹，您咳嗽得厉害，还是找个郎中看看吧。”

于成龙摆摆手说：“不碍的，老毛病了，喝碗热粥就好了。”

藏身于房梁之上的鱼壳，侧耳细听，一字一句，听得真真切切，看得明明白白，禁不住鼻子一酸，竟泪流满面。

于成龙喝了一口粥，轻轻放下粥碗，又拿起笔来继续写，忽见一滴水珠从天而降，落于墨迹未干的宣纸上。

于成龙停下笔，轻声叹道：“鱼壳呀鱼壳，念你行侠仗义，也做过一些劫富济贫的事情，老汉本想奏明朝廷，宽赦你的死罪。可如今你却越狱潜逃,岂不是罪上加罪嘛！这下可就让老汉为难了呀！”

鱼壳听到此处，心头一热，竟纵身从房梁上飘然落下，就势一个翻跃“扑通”跪在于成龙的书案前。

鱼壳行过大礼，抱拳道：“罪人鱼壳，拜见青天大老爷！鱼壳自知罪孽深重，死有余辜，无颜苟活于世。但愿青天大老爷发发慈悲，免了鱼壳家人及邻里保甲连坐之罪，鱼壳虽死而无憾也。”

于成龙放下毛笔，看着眼前的鱼壳，说：“鱼壳，此言当真？”

鱼壳再叩首说：“青天大老爷，举头三尺有神明，鱼壳若有半句虚言诳语，甘遭五雷轰顶、万箭穿身！”

于成龙听罢，起身说道：“好！鱼壳，本督担保你的家人及邻里不受牵连，并责成江宁知府衙门好生善后抚恤。三日后，本督将亲往西市刑场为你送行！”

三日之后，江宁城万人空巷，西市刑场人头攒动，水泄不通。五花大绑的鱼壳，从木笼囚车中走到刑场中央的高台上，双膝跪下。刽子手把一碗烧酒端过来，鱼壳咕咚咕咚一口气都喝了下去，然后仰天大笑说：“哈哈哈……痛快！痛快！今天死在于青天刀下，我鱼壳也不枉此生！再过二十年，又是一条好汉！”

忽听监斩官高喝：“午时三刻，时辰已到，开——刀——问——斩！”

随着三声追魂炮在天空中炸响，鬼头大刀一闪而过，顿时血花四溅，江洋大盗鱼壳的人生戛然而止。鱼壳伏法，极大地震慑了江宁城及两江地区的江湖黑恶势力，也让他们背后的“保护伞”，真正领教了新任两江总督于成龙的厉害。

暂停举劾

治国理政，振兴家邦，首推选贤任能。于成龙从政二十余载，深谙其道。为了把两江地区治理好，于成龙精心挑选、大胆起用德才兼备的中下层官员，为他们提供施展才华的平台和通道。

刑部尚书魏象枢曾与于成龙畅谈为政之道，魏象枢说：“为政之要，唯在振纲饬纪，移风易俗。”

于成龙闻言笑道：“闻君一言，吾茅塞顿开也。金陵要地，承六代风俗，奢靡浮华，欲移风易俗，贵在得人。”

康熙二十一年六月，刚刚上任两个月的于成龙，在江苏省调查研究中发现，“举劾”这一重要的制度在流程中存在问题，即在对官员业绩的考核中，不能真正体现公平公正的原则。为此，他向朝廷上书《请暂停江苏举劾疏》，直言不讳地指出：

> 臣自四月任事，虚衷察访属员。有立身以名节自励，而设施未洽民情；行已在清浊之间，而举动未撄民怒。盖贤非循卓之优，不贤非污墨之甚，恐举之劾之，不足以为未举未劾者愧励，请暂停此次举劾。

接着，两江总督衙门组织对江苏省各级官员的业绩考评，并以“特疏”的方式，举荐贤能之人，弹劾贪墨之官。康熙皇帝阅后，认为于成龙的提议切中时弊，立即予以批复同意。于成龙以机动灵活的工作方式，弥补了朝廷制度设计上的缺陷，尽可能让公平公正的原则在官员的考核奖惩中得到体现。

选贤任能

无独有偶，在上疏朝廷举荐通州知州于成龙出任江宁知府一职的问题上，两江总督于成龙同样展现出求贤若渴、襟怀坦荡的风范。康熙二十一年六月，以廉洁自律闻名的江宁知府陈龙岩不幸病逝。江宁是两江地区首府，知府一职十分重要，相当于两江总督的左右手，于成龙必须慎重考虑其人选。

为此，于成龙紧急向朝廷上奏《请补江宁知府疏》，请求朝廷不拘一格选派得力能臣，以解江宁府燃眉之急。在奏折中，于成龙向吏部推荐通州知州于成龙和霸州州判卫既齐，并且请求不采取“循资按格，掣签推补”的常规方式，而采取“廷臣会推”

的特殊程序确定人选。吏部认为，于成龙的要求不合规矩，江宁知府这个级别的官员，从来没有“廷臣会推”的先例，必须走正常程序，即“掣签推补”。最后，还是康熙皇帝出面打破了僵局。他懂得于成龙的意思，干脆传旨吏部说，“廷臣会推”也不必了，直接调通州知州于成龙去江宁任知府便是。”就这样，通州知州于成龙由从五品一跃升为正四品，实现了仕途上的弯道超车。从此，江宁城中便有了一老一少两个于成龙。

其实，康熙皇帝对通州知州于成龙其人并不陌生。康熙二十一年秋天在直隶雄县行宫召见直隶巡抚于成龙时，君臣二人曾有过一番有趣对话。

康熙问：“爱卿所属官员有谁尤佳？”

于成龙答：“通州知州于成龙尤佳。”

康熙问：“老爱卿何故以同名同姓者荐之？”

于成龙答：“古人荐贤不避亲仇，庸才岂敢以同名同姓之嫌而避荐贤良。”

康熙笑道：“彼于成龙乃朕留任之吏也。”

这位通州于成龙，字振甲，隶属汉军镶黄旗，由门荫入仕；之前做过直隶乐亭知县，后又任滦州知州，但因州中罪犯越狱而复降为乐亭知县。康熙十三年，因盗案超期，部议于成龙当贬黜。直隶巡抚金世德惜才，奏请留任于成龙，吏部不准。金世德又向皇帝请旨，康熙皇帝乃下旨，允其留任乐亭知县。康熙十八年，朝廷擢于成龙为通州知州。康熙皇帝对基层吏治情况了解之深入，由此亦可见一斑。

康熙又问："以爱卿之见，于成龙其人如何？"

于成龙答："操守有余，不在庸才之下。惠政通变，足在庸才之上。才干超凡，庸才望尘莫及也。"

康熙点头微笑，说："成龙才品，朕已久知矣。"

康熙二十一年底，两江总督于成龙，再次打破常规，与时任江苏巡抚余国柱联名奏请朝廷，要求破格提拔江苏布政使丁思孔。于成龙认为，丁思孔主管江苏财政税收多年，兢兢业业，既有苦劳，也有功劳。但是，由于江苏省百姓赋税过重，造成税赋年年滞纳拖欠，致使布政使丁思孔无形中背了许多黑锅，影响了他在仕途上的进步。

于成龙在奏折中说："丁思孔历任既久，参罚固多，既不敢违例以入卓异之列，又不敢拘例以蹈蔽贤之愆。"谈及江苏财政官员的劳苦，于成龙说："江南赋重役繁，民生凋敝，兼以水旱频仍，供亿四出。官斯土者，长才欲黾勉而回头无进步之阶，短才困积逋而束手鲜周身之策。案牍日见纷纭，催科日渐繁苦，求其痛自鞭策，志期上达者，屈指不见一二。"

为了引起康熙皇帝的特别关注，于成龙在奏折中又说，江苏布政使丁思孔行将"入觐"，恳请皇上亲自考察，以便决定是否可以"破格擢用"。于成龙和余国柱的奏折，在吏部衙门遭遇了重重阻力，最后收到一个"勿庸议"的批复。这样一来，丁思孔提拔的事情，眼看着就没戏了。

幸好，于成龙的奏折后来转到康熙皇帝手里，事情竟然因此有了转机。看老总督言辞恳切，康熙也非常体谅丁思孔这类官员的难处。他大笔一挥，恩准举他为“卓异”。事后不久，丁思孔到京城述职，康熙皇帝亲自召见了他。经过一番考察，康熙断定其才可用，便下旨任命他为偏沅（湖南）巡抚。丁思孔的事情，总算尘埃落定了，但让于成龙操心的事情却纷至沓来。

兴利除弊

于成龙无论当知县、知府，还是做按察使、巡抚，都十分重视调查研究，即使身为两江总督从一品大员，他依然重视调查研究工作。

康熙二十一年，于成龙发布《咨访利弊通行檄》，以向两江各地方官征集对于时政利弊的意见和建议。在这份檄文中，于成龙指出：“大弊不革，则大利不兴。一县有一县之利弊，一乡有一乡之利弊。自当因地制宜，相时兴革。”他要求各级官员认真开展调查研究工作，撰写翔实的调查报告，并可直接报送到两江总督衙门。

过了一段时间，在广泛采纳各地方官员的意见后，于成龙又根据自己的调查研究和舆情分析，颁布了《兴利除弊条约》：一是严禁火耗，明确指出“火耗之弊害民最重，累民最甚。自此收征钱粮照部颁砝码，令花户自封投柜”。二是禁止私派。“小民终年勤奋，竭胼胝之力难完输将之供，今后不许乱立名目而滥用民力民财。”三是严禁馈送。“上官借生日节日等受纳下官之礼品……用小民之膏血供奉官员交结，民生不安，物力靡废，官场浑浊。”四是访拿衙蠹。五是访拿光棍，要求各级衙门“应严缉最拿，重者处死”。光棍就是“地头蛇”，他们与衙蠹互相勾结，在社会上兴风作浪，巧取豪夺，害民乱政，无恶不作。六是禁止问刑延迟。小的民事诉讼，尽量早审早判；大案要案，也要早处决。此举意在防范衙门官员，借延迟办案从中渔利，榨取百姓钱财。七是严禁借旗放债。汉人中的奸猾之徒与在旗籍的满人合伙做高利贷，从中渔利，坑害百姓。“旗丁狐假虎威，违禁取利，鱼肉小民，必须擒拿严审。”八是严禁滥差。所谓滥差，就是上级随意向下级派遣差役办差。“自今司道府州县不得滥差一役于民间。若派出之役行凶作恶，则乱棒打死。”九是严禁滥收监仓。与“禁止问刑迟延”相似，强调监狱只关重犯，不允许随意将轻罪人犯收监，防止监狱拷打勒索人犯。十是严禁捕役非刑私拷。强调只能在公堂审案时用刑，不能私刑拷打。十一是严禁“保歇”。“保歇”是“保户”“歇家”的缩称，相当于官府与乡民之间的中间机构，是官府为追征赋役和词讼审理的方便而设置的。于官府而言是“保户”，于乡民而言是“歇家”。“保歇”与衙蠹类似，因此要求严禁严办。十二是严禁讼师。“讼师”又称“师爷”，相当于现在的律师。讼师为百姓提供正常的法律服务，本无可厚非。但有些讼师以营利为目的，怂恿百姓打官司，甚至勾结衙门官员，制造各种事端，形成事实上的违法乱纪。十三是禁止取用行户。所谓“行户”，是指手工业或商业经营者。“取用行户”就是指衙门中的官员，凭借手中的权力，白吃白拿人家店铺里的东西。这种行为本身就是严重的腐败，有损于官府的威严和公信力。于成龙允许“行户”到总督衙门举报违禁官员，查实后总督一定弹劾。十四是禁止奢靡佚游。用现在话讲，就是禁止豪华旅游或高消费。在封建小农经济时代，物资相对匮乏，百姓温饱问题朝廷都无法解决。而那些豪门或官宦之家，却以各种奢靡生活方式炫富，必然造成社会矛盾的激化，所以坚决反对豪门阶层的奢侈生活方式。十五是严禁兵丁虚冒。当时满汉八旗兵营中，普遍存在带兵将领虚报冒领军饷的现象。于成龙身为总督，负有监督管理辖区军队的职责，所以对于暗中偷吃“空饷”的不法将领，必须严惩不贷。

示亲民官六戒

为了真正有效解决两江地区的吏治腐败问题，于成龙不仅深入调查研究，认真分析寻找腐败产生的根源，而且身体力行、率先垂范，为属下的各级官员做标杆和榜样，发布《示亲民官自省六戒》。《示亲民官自省六戒》明确指出：

> 朝廷设官分职皆为治民，而与民最亲，莫如州县。近来积弊成习，亲民者反以累民，甚有不知廉耻为何物，而天理良心置之高阁不问矣。噫！吏治日坏，如倒狂澜。

于成龙提出了六条戒律，即："勤抚恤，慎刑法，绝贿赂，杜私派，严征收，崇节俭。"要求别人必须做到的事，于成龙自己也首先做到。作为两江地区权力最大的人，他的个人生活极其俭朴，布衣粗食，从不接受任何人的馈赠，终日过着苦行僧般的清贫生活。

饬励学政

中国历史上规模最大的科举考场——江南贡院，坐落于风景秀丽的秦淮河畔。鼎盛时期的江南贡院，考试号舍多达两万零六百四十四间，可同时容纳两万多名考生应试。江南贡院历史悠久，早在南宋乾道四年，建康知府史正志就在秦淮河一带营建建康府贡院。明朝定都南京后，朱元璋大兴土木扩建贡院，并且把乡试、会试都放在南京的贡院举行。

作为两江地区的最高军政长官，于成龙非常重视科举取士工作。他深知科举直接关系到国家吏治的优劣，而吏治的优劣又决定着江山社稷的兴衰。两江地区经济富庶，人口稠密，世家望族长期秉承着"学而优则仕"的儒家传统，读书做官之风久盛不衰。于成龙从年轻时就频繁地进出科场，虽然屡试不第，有时甚至十分厌烦科场，但那里毕竟曾寄托着青春年少时的人生梦想，更何况如今又是职责所在。于成龙根据调查研究的实际，亲自撰写并颁布了《饬励学政事宜》，详细分析了科举取士流程中存在的种种弊端，针对科场中花样繁多的营私舞弊手法，提出了相应的解决方法。

于成龙对清朝初期科举考试的“潜规则”并不陌生，那些主管科举取士工作的三品学政，背地里却昧着“天理良心”，干着瞒天过海的勾当。从“两袖清风”债台高筑的一介穷翰林，到赚得盆满钵满，往往仅用几年光景。学政及其手下的“掌案”“长接”跟府、州、县地方官及教官等相互勾结的事，于成龙早已调研访察得清清楚楚。

于成龙无法容忍学政的“不作为”或“乱作为”。他曾对一位江南学政直言不讳地提出批评：

> 衡文者，爱惜人家好文字，尔子孙有文字，定为衡文者爱惜。若一味爱钱，只恐子孙纵会做文字，决不出头。更恐鬼神怒恨，生出瞎眼子孙，上长街唱莲花落，要看字也不能够了。

在《饬励学政事宜》中，他严厉斥责：

> 然谁无子孙，谁不愿子孙成名显达，而瞒心昧己，赃私累累，独不畏明有王法，幽有鬼神，现在发觉则有身家性命之忧，日后凋零更受男盗女娼之报乎！

使用近乎诅咒的语言，数落斥骂朝廷官员，在于成龙二十多年的宦海生涯中，应该说并不多见。由此，从一个侧面反映了于成龙对科举取士工作的重视。在他看来，“误人子弟”与“误国误民”属同一类，都是让“鬼神怒恨”并殃及子孙的妨祖缺德之事。

于成龙列举了科举考试中的种种弊端，比如：学政衙门设有专人负责接受挂号公文，那些想向学政行贿的人，把请托的私信装在公文袋里，假冒公文投递到学政衙门挂号处，这样就完成了行贿方与受贿方的无缝对接。地方乡绅还会利用“公荐”，说某某学富五车、才高八斗，然后纠集数名乡绅联名举荐某人。于成龙对于“私信公投”现象采取的措施是，凡是各地给学政衙门投递的公文袋，今后一律不许封口。总督衙门要派人巡察，一旦发现有人“私信公投”，则严惩不贷。而对于所谓“公荐”的弊端，于成龙直接下令禁止，今后各地不准再搞联名举荐这一套。

虹桥书院

于成龙深知教育是百年大计，教育和文化的发展能促进社会经济的繁荣与国家的富强。为了振兴两江地区的教育文化事业，于成龙动员各级官员和一些富商巨贾捐款兴建了虹桥书院，聘请学术界的学者名流为书院的学生传道授业。每有闲暇，于成龙常微服莅临书院访察，有时还要登台执鞭，为莘莘学子答疑解惑。青年学子们看到这位须发如霜的老者，还以为他是饱读诗书的老学究。

十二、遭构陷忍辱负重一语顿悟

康熙二十二年十月，有人上书弹劾两江总督于成龙，说他年迈昏聩用人不当，又受身边小人蒙蔽，还“凭空凌辱”手下官员等。康熙下旨，让于成龙“明白回奏”。于成龙深知自己遭人构陷，但决定忍辱负重，先做自我批评，承认自己“年近古稀，景迫桑榆”，请求朝廷严加议处。

遭人构陷

康熙二十二年十月，一份弹劾两江总督于成龙的折子，赫然摆在了康熙皇帝的书案之上。康熙皇帝粗略浏览了一遍奏折，心下暗惊，折子中的话虽平实，却笔锋犀利，看似波澜不惊，实则刁钻老辣，暗藏杀机。再看看上折子的人，竟是年轻的都察院副都御史马世济，康熙知道这份折子的来头不小。

马世济作为都察院副都御史，理论上拥有监察百官、弹劾大臣的权力。前一阵子他进驻江南，负责督造漕船的事儿，对两江地区的情况应该有所了解，近日刚刚回京述职。但他怎么会与一向老成持重、以清廉著称的于成龙结下梁子呢？这位年轻的副都御史，是襟怀坦荡、奉公执法，还是另有隐情、挟私泄愤？以康熙皇帝对马世济的了解，他似乎又不像是诚心构陷于成龙，非要置之死地而后快。

康熙拿起笔来，欲批又止，蓦然想起了十年前的那段如烟往事。

马世济之父马雄镇是朝廷重臣，曾任广西巡抚，马世济是其长子。康熙十二年朝廷决定撤藩，吴三桂公然扯旗造反，广西将军孙延龄起兵响应，并派兵包围了广西巡抚衙门，企图挟持马雄镇参与叛乱。马雄镇立场坚定，拒绝与孙延龄同流合污。眼看情势万分危急，马镇雄匆匆写下绝笔奏折，交给长子马世济，让他把折子面呈康熙皇帝。后来，叛军攻入巡抚衙门，马雄镇全家老幼都死于叛军的屠刀之下。马世济作为忠烈之后，深受康熙皇帝的信任和重用。马世济凭借根红苗正的家世背景，仕途上一直走得顺风顺水，最后官至漕运总督。

敢于参劾两江总督于成龙，一来要有些胆量，毕竟于成龙是朝廷重臣、封疆大吏，且深为康熙皇帝所倚重。人所共知，诬陷大臣是重罪，谁也没长三头六臂。二来还必须确有其事，如果捕风捉影地搞一些“乌龙事件”，禁不起朝廷三推六问，一旦东窗事发，那后果也是不堪设想的。就算你有言官身份，吃不了的，也得让你兜着走。

康熙皇帝反复看了两遍折子，总感觉哪里有点不对劲。折子上写道：

> 于成龙向有声誉，初到江南，美名如故。闻其自任用中军田万侯之后，人多怨言。臣奉差在南，见其年近古稀，景迫桑榆，道路啧啧，咸谓田万侯欺蒙督臣，倚势作弊，因未有实据，难以入告。督臣衰暮，不能精察，故匪人得以播弄而败善政。且各有司衙门皆有督臣移言告示，污蔑各官。如果各官不法，何难白简题参；若俱循良，岂可凭空凌辱？显系小人播弄督臣，令其虚张声势，就中取利。请罢黜万侯，并令成龙休致。

马世济的奏折写得相当见功力，目标诉求开门见山，直取命门，绝无拖泥带水。但疏文写法上又虚实相掩，似有若无，既有坊间道听途说的不确定性，也有公文告示中白纸黑字的确凿铁证，还有难以辩驳的缜密如网的逻辑推理。所谓“凭空凌辱”，是指于成龙曾经因科举问题太多，怒骂过身为江南学政的田雯，以及同是学政，又是于廷元恩师的赵崙。再有就是于成龙亲自撰写的《示亲民官自省六戒》中的片言只语，共同构成了马世济攻击于成龙的证据链。按照马世济的说法，于成龙年迈昏聩，用人不当，又受身边小人蒙蔽，身为两江总督，实在有些德不配位，所以理当退休回家，颐养天年。

康熙皇帝未必相信确有其事，但即便是空穴来风，也须查明出处。于是，康熙便让朝廷重臣们共同商议。大家七嘴八舌议来议去，认为马世济的参劾折子雷声大雨点小，拿不出像样的证据，实在不好给于成龙定罪。为此，朝廷传旨两江总督衙门，让于成龙“明白回奏”。简单说，就是让于成龙自证清白。

圣旨一到江宁，舆论一片哗然，于成龙也暗自叫苦不迭。虽然明明知道自己遭人构陷，用今天的话讲就是“躺枪”了，但他毅然决定沉着应对、忍辱负重。于成龙先做了深刻的自我批评，承认自己“年近古稀，景迫桑榆”，请求朝廷严加议处。此事再一次让康熙皇帝领略了一代名臣的铮铮铁骨和高风亮节。

于成龙在给康熙皇帝的奏折中说：

> 臣到江南，期以兴利除害，察吏安民，仰报知遇。无奈两江之吏治、营务、刑名、钱谷、繁剧实甚。臣昼夜拮据，

躬亲料理，从不敢寄耳目于左右。然近习难防，或有窥伺欺弄，臣亦安能保其必无？宪臣马世济疏称中军田万侯倚势作弊，臣实未之觉察也。至于告示一节，或地方利弊，民生之疾苦，臣有见闻，即通行禁饬，无非以利害祸福之言痛切告诫，其词未免过于峻厉，似涉秽言污辱。宪臣马世济疏称小人播弄，令其虚张声势，就中取利，臣亦未之觉察也。此皆臣之衰迈昏聩，何以自解？若夫臣之年近古稀，景迫桑榆，久在皇上洞鉴之中，虽殚精竭虑，不敢稍自宽假。然气衰力疲，龙钟之状，大非昔比，臣又何敢自讳？乞敕部严加议处，以为大臣溺职、有初鲜终者戒。

于成龙的这份奏折，既恳切又深刻。面对马世济的横加指责，他并未断然否认，也不做过多的辩解，而是站在当事人的角度，刀刃向内解剖自己的问题，并勇于承担责任，甚至不惜采用自污的方式，说自己“衰迈昏聩”。对于田万侯倚仗权势作弊的事情，于成龙干脆直言自己没有觉察到。这种回答，既不承认确有其事，也不否认自己失察，完全以一种客观的态度陈述事实，并请皇上来判断是非曲直。于成龙这种低调谦逊、不卑不亢的处世态度，与那些因为一点鸡毛蒜皮的小事，就把“互撕”进行到底，最后搞成狗咬狗两嘴毛的官场争斗闹剧，形成了鲜明的对比。康熙皇帝对于成龙这种超凡脱俗的做法，颇为欣赏，甚至心存几分敬意。

于成龙要求处分自己的奏折递到了北京，朝廷重臣们再次开会商议，最后由兵部和吏部各提出一套处理方案。综合两套方案，形成两条处理意见：一是鉴于中军副将田万侯倚势作弊，从中取利，有悖朝廷纲纪，建议给予革去副将军职的处分；二是鉴于两江总督于成龙年事已高，加之身体有恙，建议给予免职退休的处分。

康熙皇帝听了朝廷重臣的汇报，沉思半晌，心想就凭马世济那份弹劾奏章，便让于成龙这样的廉吏能臣卷铺盖回家，又怎么能让天下人心服口服呢？搞不好还会让一大批文臣武将对朝廷的公信力产生怀疑，甚至有可能引起海量“鱼粉”们的怒怼和抗议。经过再三斟酌，朝廷公布了正式的处分决定：给予田万侯降级处分，并调离两江总督衙门；给予于成龙连降五级的处分，并建议留任两江总督。这样的处分虽然比马世济弹劾奏章里的要求略显宽仁，但对一生珍视名节的于成龙而言，其实已经是相当沉重的打击了。这件事对于成龙的伤害之大，可能是康熙皇帝始料未及的。

一语顿悟

根据曾任武英殿大学士、刑部尚书的熊赐履回忆，当时由于受到权臣明珠、索额图等人的排挤，他被贬职离开京城，流落客居于江宁城西的清凉山别墅，埋首于古籍中打发光阴。别看当年在京时高朋满座、迎来送往，每天都难得清闲，可一旦丢了乌纱，立刻便门可罗雀车马稀，让你独享一份淡泊寂寞。世态之炎凉，人情之冷暖，是宦海中人感受最为深切的人生体验。

好在总有一些与众不同的逆行者，比如一直把熊赐履视为人生知己的于成龙。于成龙虽然比熊赐履年长十八岁，但他来江宁走马上任后，无论公务再繁忙，隔三岔五总要抽点时间，找熊赐履喝杯清茶，或对饮一壶。熊赐履也是以清廉著称的官员，自然没有江宁织造府那般奢华的豪宅，庭院虽然略显局促，但却十分清静宜居。于成龙很喜欢熊赐履庭院里的两棵梧桐树，那硕大的绿叶遮掩了盛夏时节灼人的骄阳，树丛中鸟儿的私语也让人倍感清爽。两位倔强耿介之士，坐在树荫下的石桌前，一边品茗着龙井的阵阵清香，一边畅谈着人生的酸甜苦辣，倒也别有一番烟火气息。

于成龙和熊赐履曾经不止一次在梧桐树下谈话，探讨做官与做人的道理。于成龙深感为官之难，说：

> 行廉守职难矣，天下尽是些华表其外败絮其中之人，但知求目前尺寸之利而遂私心，不知无穷之弊贻害于国民。部院臣工，大都油头滑脑，缄默依阿，人云亦云。封疆大吏多以老成慎重之名而护己尸位素餐之实。更有一些目空一切而惟我独尊者，见树义者即谓之疏狂，勇于任事者指责为躁进，廉洁自好者讥讽为矫伪，端方伟岸者讥讽为迂腐，见饬吏之峻厉之词，则群起而攻之，斥责为污言秽语。君子做事虽如青天白日，然常思祸从天降，波自地生，真是三人成虎，人

言可畏。

熊赐履虽饱受挫折，却仍乐天达观、不屈不挠，当即慷慨激昂说道："大丈夫识时务而勇于任事，廉守自好而始终如一，虚怀若谷而不折不挠，如此生而乐哉，死而快哉！"

于成龙遭马世济弹劾之后，虽然按照圣旨的要求，写了一份奏折上呈朝廷，但始终心神不宁、坐立不安。熊赐履听到消息后，便邀请于成龙过府坐坐，想帮助他缓解一下心中的焦虑。飞禽尚知爱惜羽毛，曾被皇帝表彰为"清官第一"的于成龙，当然更加珍惜自己的声名荣誉。从罗城到合州，又从湖广到福建，再由直隶到两江，"三举卓异"，九死一生，历经千辛万苦多少磨难，才有了今日的成就。如果因遭小人暗算而被革职罢官，自己又有何颜面再见皇上？还乡之日又有何颜面再见家乡父老？九泉之下又有何颜面拜见列祖列宗？

熊赐履认为，于成龙不仅想多了，而且是想得太多了。他站起来大声说道："老哥哥，你怎么还会为这些事情担忧啊？大丈夫如果参悟到人生的真谛，就算是生死也可以置之度外，何况是这些鸡零狗碎的小事儿？"

于成龙听罢熊赐履的解劝，恍然大悟，连忙拜谢道："听君一席话，点醒梦中人，受教了！多谢多谢！"

辞别熊赐履出来，于成龙如释重负，看着秦淮河畔的万家灯火，心静如水。回到两江总督衙门，他自斟自饮，喝了一壶家乡的老白汾，忽然感慨万千，诗兴大发，信口吟咏道：

牢落风尘里，三千白发新。
跨虹湖色变，啸月海岚亲。
椒雨铁牛厂，霜菊金马邻。
帝乡咫尺近，浩气达西秦。

其实，熊赐履不止一次提醒过于成龙，让他小心防范两江权贵豪门的报复，尤其要当心朝廷重臣与地方势力沆瀣一气、相互勾结起来的疯狂攻击。俗话说，明枪好躲，暗箭难防。但贪官污吏和权贵豪门手中既有明枪，也有暗箭，并且无所不用其极，像于成龙、熊赐履这样的清廉刚正之人，必然成为他们攻击的重点目标。

据有关史料记载，马世济弹劾于成龙的案子，背后的主谋很可能就是康熙朝著名的权臣纳兰明珠。众所周知，纳兰明珠出身于正黄旗叶赫那拉氏，他的妻子是英王阿济格的女儿。论起亲戚辈分，纳兰明珠还是康熙皇帝的堂姑夫。纳兰明珠由内廷侍卫起步，先后曾担任内务府郎中、内务府总管、刑部尚书、都察院左都御史、经筵讲官、兵部尚书、吏部尚书以及《实录》《明史》总纂官和太子太师等职。纳兰明珠深受康熙宠信，可谓权倾一时。他表面为人谦逊和蔼，实则阴鸷狠毒。当然，纳兰明珠也确非等闲之辈，政治才华冠绝当朝，是康熙名副其实的智囊人物。撤三藩、收台湾，这些惊天动地的大事，纳兰明珠都参与其中。

江苏巡抚余国柱，是纳兰明珠集团的重要成员，也是康熙皇帝十分看重的能臣之一。平定“三藩之乱”后，朝廷国库空虚，银根吃紧，余国柱便迅速开动脑筋，想出许多锦囊妙计，帮助康熙理财筹钱，从而解决了困扰中央财政的大问题。余国柱走马上任江苏巡抚后，上书朝廷，主张在江宁、苏州等地开设“大型国有纺织企业”，以便从绸缎市场赚取巨额利润，充实国库。与此同时，余国柱和明珠等人也在江宁、苏杭等地开办纺织厂、钱庄、典当行等私企，从中牟取暴利。

于成龙在两江总督任上，以强硬手段打击世家豪门势力，挤压贪官污吏的生存空间，不允许各府县征收“火耗”以自肥，进而截断了两江豪门向北京权贵输送利益的重要渠道，这便不可避免地触碰了明珠等人的“蛋糕”。自从于成龙主持两江军政事务以来，明珠等人每年都损失数万两白银。于成龙颁布的各种政策、檄文，就仿佛射向贪污腐化集团的一支支利箭，让两江地区的世家豪门和北京权贵们心惊胆战，双方就这样结下了不共戴天的仇怨。

明珠与于成龙打交道不多，打照面办事也是来去匆匆。江苏巡抚余国柱，是于成龙的下属和同僚。所以，明珠和余国柱都不方便直接出面弹劾于成龙。他们必须选一个既受皇帝信任，又与于成龙无关的御史。千挑万选好不费劲，最后都察院副都御史马世济就成为“中标入选”，成为明珠等人“捕鱼行动”的一号种子选手。

余国柱、马世济都是杀人不见血的刀笔酷吏，那篇弹劾于成龙的老辣疏文，难保不是他们共同商洽、集体创作的“作品”，这一点恰为后来的历史所证实。余国柱后来离开江苏，入京担任武英殿大学士。而以廉洁闻名的“理学名臣”汤斌，则由内阁学士出任江苏巡抚。余国柱悄悄跟汤斌打招呼，说朝廷免除江南赋税，全赖明珠跟皇帝说情，暗示汤斌要知恩图报。哪知绰号“豆腐汤”的汤斌并不买账，装聋作哑，我行我素，根本不与余国柱和明珠有任何私下来往，于是便得罪了明珠等人。

康熙二十五年，因修河道之争，汤斌遭到明珠亲信势力的打压。汤斌离任时，苏州百姓哭着挽留，汤斌只说了一句：“爱民有心，救民无术。”不承想，这话竟被明珠抓住把柄，说他有诽谤皇上之意，遭到御史弹劾，汤斌因此受到连降五级的处分。

像于成龙、熊赐履、汤斌这样的廉吏，即使有康熙这样开明之君的信任与庇护，都难免遭到贪腐集团的围剿和猎杀。由此可见，在所谓“康乾盛世”的清代社会，一名清正廉洁的好官，无论你想“独善其身”，还是要“兼济天下”，其实是相当不容易的，有时甚至要付出极其惨重的代价。

十三、忧天下坐化衙署千古忠魂

康熙二十三年四月十八日清晨，于成龙虽然感觉浑身乏力，但仍然坚持要到衙署大堂去处理政务。不承想，他忽觉天旋地转，且心痛如绞。众人急忙将老人家搀扶着坐下。他强忍痛楚，连咳带喘、上气不接下气地叮嘱属下，但嘴边的话还没说完，竟咽下最后一口气坐化了。

恳赐休致

康熙二十二年十月，朝廷下发了给予于成龙“降级留任”的处分文书。看着朝廷的文书，于成龙心乱如麻。他悲从中来，一时怆然泪下。他做梦也没想到，自己二十年如一日，兢兢业业地埋头苦干，为大清江山社稷尽心竭力、呕心沥血，最后竟落得如此悲凉凄楚的人生结局。

其实，康熙二十二年初春，于成龙考虑到自己年事已高，并且身体状况也不乐观，曾给康熙皇帝上过请求退休的奏折。但康熙皇帝却没有批准，鼓励他老骥伏枥，让他继续安心为朝廷出力。这次受处分，吏部原拟“休致”（即“退休”），但康熙御笔朱批改成了“降级留任”。

康熙皇帝如此处置，是因为他十分了解于成龙的人品和能力，不希望他因为眼前这点小事就被迫“休致”。当然，康熙深知，像于成龙这样既坚守底线又有工作能力的官员，实属凤毛麟角。但是，于成龙对当时朝中结党营私、尔虞我诈的政治生态深感厌恶，很想就此归隐，回到北武当山下的乡村里安度晚年。第二年，也就是康熙二十三年春天，于成龙再一次上奏朝廷，恳请恩准退休。疏文写道：

> 伏念江南财赋重地，事务殷繁，而又加以江西兵燹之余，尤宜调剂，是非年富力强者难副其任。今海宇荡平，民物熙恬，我皇上励精图治，日昃不遑，恒惓惓以吏治民生为念。

每盥读圣谕，跼蹐不安。臣勉力拮据，思所以副我皇上安愈图安之意。无奈两目久昏，两耳不聪，自去秋染疟之后，复得怔忡之症。每办事午夜，心胸惊悸，辄不能寐。焦思愈集则精神愈备。精神既竭则事务糊涂，势所必然。臣勉励之念虽切，而艰大之任自揣万不能胜。是臣无裨两江之治化，实负期望之圣心。将来再有贻误，纵睿慈曲加矜全，臣有靦面目，尸位素餐，将何以砥砺僚属、统驭士民耶？伏乞皇上俯念地方重大，鉴臣老迈不堪供职，特赐休致。

疏文写得情辞恳切，条理清晰，既饱含着一位花甲老臣忠君爱民的博大情怀，又表达了年老体衰“不堪供职”的伤感与无奈。不过，皇上依然没有批准。在康熙皇帝看来，于成龙的身体虽然有病，但绝没有到“不堪供职”的地步，上书请辞大概是某种内心纠结的表达，或者是不恋权位荣华、无欲则刚的心态使然。

康熙皇帝年方而立，但对大臣们云山雾绕的言语表达和错综复杂的内心世界，却洞若观火、明察秋毫，有着极其精准的推测和判断。康熙没有理会吏部让于成龙“休致”的意见，也没有答应于成龙“特赐休致”的恳求，批复：

于成龙从宽留任，余依议，钦此。

康熙皇帝一票否决了吏部关于让于成龙“休致”的提议，也宣告了明珠等人的“捕鱼行动”政治阴谋的流产与失败。此后不久，朝廷对两江地区进行了重大的人事调整：江苏巡抚余国柱奉调入京，担任武英殿大学士；安徽巡抚徐国相调任湖广总督；江苏、安徽两省巡抚空缺期间，暂由于成龙代管两省巡抚衙门事务。这次高层人事调整，于成龙的职务虽然没有变化，但减少了掣肘和牵制，扩大了总督的权力范围，表明康熙皇帝对于成龙的信任丝毫未减。

剿海行兵

康熙二十二年六月十六日，福建总督姚启圣和水师提督施琅，统率两百余艘战舰、两万四千兵力大举进攻澎湖郑家军。台湾郑氏派遣水师主力出海迎战清军，却被尽数全歼，澎湖三十六岛宣布光复。澎湖海战，扫清了收复台湾的道路，姚启圣奏请乘胜攻取台湾。十月，双方谈判破裂，清军武力攻占台湾，郑克爽放弃抵抗投降，台湾正式纳入大清帝国版图。清政府设立台湾府，驻军八千人，澎湖列岛驻军两千人，施琅被封为靖海侯驻守台湾。

台湾问题解决后，东南沿海的一些岛屿和长江口舟山一带，还散落着海盗周云龙等若干反清武装。他们凭借岛礁复杂的地理环境，打算长期负隅顽抗。十二月，朝廷兵部传令于成龙，要求两江总督麾下左路水师部队五千官兵，会同浙江水师的数千官兵，由总兵张杰统一指挥，全力展开围剿海盗的行动。

康熙二十二年岁尾，于成龙发布《檄示剿海行兵方略》，强调："用兵之道，无论贼之多寡，总贵谋出万全。故为将者每事谨慎，自不难于克敌奏功。"于成龙虽然是文官出身，没有接受过正规军事训练，统兵挂帅的机会很少，但他在平定"三藩之乱"中曾亲自指挥过战斗，接受过血与火的洗礼。所以，对于调兵遣将、运筹帷幄和车马粮草、后勤保障，他并不陌生。因此，于成龙讲起"行兵方略"来，也头头是道，句句在理，俨然一派大将风度。

他叮嘱总兵张杰，江口左路水师和浙江水师，必须相互配合，彼此协调，同舟共济，但也要特别防范被敌人趁乱混入其间，造成敌我不分、主客难辨。他要求张杰与浙江水师会合以后，必须把官兵数目和舰船编号都造册登记，以便随时核实清点。同时他强调，尤其是重要的军机文件，必须认真核对印章真伪，还要验视行文格式与措辞是否符合常规，防范敌人以假乱真；夜间岗哨要有统一口令，并且注意保密，还要定期更换；各水师部队要把旌旗、号带的颜色提前告知友军，防止作战时敌我不辨，误伤友军。在于成龙的精心安排和严密管控下，清军水师部队军心稳定，士气高昂，迅速做好了出海剿贼的各项军事准备工作。

清军水师出海作战之际，于成龙又亲自率领两江总督衙门和浙江巡抚衙门的文武官员，到江边码头为出征将士赐酒壮行。于成龙来到江边的天妃祠，在妈祖娘娘神像前焚香祈祷，宣读亲自撰写的祭文，祈求妈祖娘娘保佑出海剿贼的将士旗开得胜、奏凯而还。

事实再一次证明，文官出身的两江总督于成龙确实能力非凡，不仅能够运筹帷幄、决胜千里，而且擅长后勤支援、保障军需。之后，张杰率领的江口左路水师和浙江水师，密切配合、协同作战，一举击败了盘踞于舟山岛及其附近大小岛礁的反清武装。迫于于成龙持续不断的政治攻心和清军强大的军事压力，贼首阮继先、周云龙、房锡鹏等人，于康熙二十三年三月，率领四千余名残兵败将向清军投诚。至此，六十八岁的于成龙，沉着冷静，圆满完成了朝廷交办的巡海剿匪任务，有力地保障了长江三角洲地区的政治稳定和社会安定。

端坐而逝

随着时间的推移，于成龙的健康问题越来越严重。宵衣旰食的生活习惯和夜以继日的工作节奏，极大地损害着于成龙那日益老迈衰弱的躯体。限于文献记载，我们无法了解他究竟得了哪种重大疾病，但从一些自述性的文字记录中，仍然可以看到他身体免疫力和精神状态的每况愈下。

他在给康熙皇帝写的疏文中说："无奈两目久昏，两耳不聪，自去秋染疟之后，复得怔忡之症。"可见他的视力和听力，都出现了较为严重的退化和病变。从现代医学的角度分析，糖尿病和高血压都有可能造成眼睛和耳朵毛细血管的损伤，从而造成听力和视力的下降。但从于成龙平时粗茶淡的饮食习惯看，得糖尿病的概率又不是很大。至于是不是因为长期空腹饮酒，以致伤及肝脏，进而导致了视力下降，就不得而知了。

康熙二十二年秋季，于成龙不幸染上了疟疾，从而导致身体和精神状态更加糟糕，甚至出现了某些抑郁症的病理特征。据他自述：“每办事午夜，心胸惊悸，辄不能寐。焦思愈集则精神愈备。精神既竭则事务糊涂，势所必然。”从这段话透露出的信息不难推测，长期伏案、熬夜工作，很可能让于成龙患上了严重的冠心病，心律不齐或房颤，都会让人感觉“心胸惊悸”；而每天夜里经常性的失眠“辄不能寐”，必然加剧身体免疫力和精神状态逐渐下降的趋势。事实上，于成龙的身体和脏器已经处于极度虚弱的状态，随时都有可能出现危及生命的突发情况。

然而，就在这种极度危险的情况下，一直陪护在于成龙身边，照顾他饮食起居的小儿子于廷元，却在他的再三催促之下，回山西原籍参加乡试去了。于成龙对小儿子于廷元的期望极高，所以一直把廷元带在身边，随时教导他如何读书、如何做人、如何做事。到两江任职后，于成龙留意观察，觉得学政赵崙学养厚重、功底扎实，堪称文章大家，尤其擅长写作八股文，便让廷元拜赵崙为师。在赵崙精心教导之下，于廷元学业进步十分明显，特别在八股文的写作方面有了非常大的起色。对此，于成龙甚感欣慰，对廷元寄予厚望。

于成龙因为长期忙于公务，回家探亲的次数极少，所以难免疏忽了作为父亲的责任。长子于廷翼因替父亲承担了许多家族事务，“邑有流亡则召集之，里有饥馑则赈济也”，又得照顾年迈的母亲，以致在学业上常常有些自顾不暇。于廷翼屡试不第，便做了岁贡生，后来曾出任曲沃县主管教育的训导。他在这个从七品的岗位上任满后，就请辞回乡奉养老母了。次子于廷劢在学业方面十分努力，考试成绩也相当不错，唯独在八股文的写作上缺乏高人指点，所以在乡试中屡次失利，无缘中举折桂。后来，他以岁贡生的资格，做了候补训导，但始终未曾出仕。

于成龙本人以科举副贡掣签做七品知县起步，积年累月，逐级而上，二十余年后官至从一品封疆大吏。在“学而优则仕”以科举取士为正途的封建社会，于成龙深知自己的仕途生涯仅仅是一个幸运的特例，而绝非那个时代的大概率事件。所以，他坚持让儿子通过读书科考博取功名，以实现“修身、齐家、治国、平天下”的人生价值和社会理想。于廷元眼看着风烛残年的父亲，在公务缠身和疾病折磨下，日渐一日走向衰老，本来实在不忍离他而去。但是，在慈父再三严厉督责之下，他又不得不忍痛离开江宁，赶回山西原籍去参加乡试。

就在于廷元离开江宁之后的第七天，即康熙二十三年四月十八日，清晨，早已习惯闻鸡即起的于成龙，虽然仅仅睡了两个多时辰的囫囵觉，但他还是雷打不动地按点起床了。近来，他总感觉头脑发胀，晕晕乎乎地就像坐在江船上。于成龙吃罢早餐，从后堂慢慢踱步来到前厅，端坐在红木圈椅上，从公案上高高堆起的文件中拿起一份，一边低头审阅，一边拿起毛笔准备批复。突然，一阵心口绞痛猝然来袭，于成龙像以往一样，急忙用右手按压住自己的胸口，借以缓解痛苦。但呼吸越来越急促，伴随着更加剧烈的疼痛，一种令人窒息的感觉从胸口向全身弥漫，脸部的神经开始抽搐，豆大的汗珠瞬间布满了额头……

仆人们看见情况不妙，顿时手忙脚乱起来，有人赶紧去找郎中，有人跑过来搀扶。但于成龙整个身体不停地颤抖，嘴里喃喃地说："我怕是……不行了，快去请熊大……人来，我有话……要讲……"

两江总督衙门里，人们神色慌张，进进出出，一片嘈杂。江宁城最有名的老郎中，愁容惨淡，正给于成龙把着脉。新任江宁知府于成龙和总督衙署十几位重要的幕僚都闻讯赶了过来，纷纷簇拥在前厅公案周围，仔细听老总督断断续续地讲话："勤……抚恤，慎刑……法，绝贿……赂，杜私……派，严征……"

于成龙的脸色像纸一样白，说一句话就要喘几口气，眼看着气息越来越弱，眼睛也慢慢闭上了。

突然，于成龙从蒙眬中惊醒，睁开眼问："熊大人……来了吗？"

仆人忙说："已经派人去请了，马上就到了。"

于成龙轻轻地摇一摇头，嗫嚅道："落叶归……根，我想回……永宁……"

话音未落，一代清官廉吏，竟溘然长逝了。

恰在此刻，熊赐履匆匆进来。见此情形，他一时难抑心中伤悲，竟顿足捶胸地号啕大哭起来。熊赐履万万没有想到，于老总督竟走得如此匆忙，自己连最后一面也未能见到。他独自向隅而泣，心中懊恼不已，但亦追悔莫及。

与于成龙同朝为官的山西老乡陈廷敬，用文字记录下于成龙去世时的情形：“四月十八日晨起视事，未出户，疾作。召诸司语，不及家事，端坐而逝。至夜漏四十刻，坐不欹倚，颜色如生，年六十有八。”

陈廷敬当时虽然不在现场，但他应该是通过访谈得到了一手资料，所以对当时的情形描述得非常细致：

> 将军、都统、寮吏来至寝室，皆见床头敝笥中唯绨袍一袭，靴带二事，堂后瓦甕米数斗，盐豉数器而已，无不恸哭失声。

熊赐履后来回忆说：

> 公殁也，予以一瓣香哭公于丧，次瞻几筵，唯青灯布缦冷落菜羹而已。问其箧笥，则故衣破靴外无他物，盖公之素履卓绝类如此。

于清端公

两江总督衙门把于成龙殉职的噩耗，向朝廷做了详细汇报，并请示丧事办理事宜。康熙皇帝闻讯，不禁黯然神伤，立即下旨，赐予于成龙“清端”谥号，并撤销对于成龙的处分，要求按从一品大臣的规制举行安葬。

江宁城中的满汉官员，甚至百姓，都纷纷自发来到两江总督衙门，哭祭、凭吊于成龙。当时有人记录下人们争相前往总督衙署焚香祭拜于成龙的情形：

> 公薨之日，举国若丧考妣，男妇童叟皆入公署，见孤灯茕茕，犹然在案，周身只见布被一床而已，清俭之节固千古所未有也。

江宁城的店家商户，甚至采取“停市”的方式，来表达他们对于成龙的敬仰与怀念。许多百姓无法入衙祭拜，便聚集于街头巷尾，临街肃立，面朝总督衙署，痛哭流涕，如丧考妣，时人称之为“巷哭”。还有不少人在家中摆设于成龙灵位，每天焚香祭祀。哀悼于成龙的日子里，整个江宁城仿佛都沉浸在一片凄风苦雨之中。

按照于成龙的遗嘱，灵柩要运回山西永宁州老家安葬。所以，一直等到三个月后，于成龙的长子于廷翼匆匆赶来时，江宁城的市民百姓仍在焚香祭祀亡灵。于廷翼看到人们都在给于成龙烧纸钱，便含悲忍泪劝说道：“家父生平不爱钱，往后祭典，请勿再用纸钱。”

康熙二十三年七月十五日，愁云笼罩，江水呜咽，两江总督于成龙的灵柩，在万众瞩目下，即将踏上归乡之途。江宁知府于成龙和众多幕僚，以及市民百姓数万人，扶柩哭送“于青天”，送行者徒步二十余里，号啕之声，震天动地，两岸围观者无不为之动容。

护送于成龙灵柩的队伍，跋山涉水，历尽艰辛，终于回到了他生前魂牵梦绕的桑梓之地——山西省汾州府永宁州来堡村。家乡的父老兄弟、亲朋挚友，一个个披麻戴孝，纷纷大礼跪迎宦游归来、以身殉国的赤子忠魂。

之后，在于成龙曾经任职过的地方，基本都建有纪念于成龙的祠堂，即“于清端公祠”。广西罗城县的于公祠修建于清朝乾隆年间，时任罗城知县名叫金岳，少年时期便是铁杆“鱼粉”，尤喜读《于清端公政书》。金岳通过科举入仕后，来到罗城县任知县，便四处筹集资金，兴建了“于清端公祠”。金岳还亲笔题写了“于公旧治”四个字，并让人镌刻在城外的悬崖石壁上，迄今仍在。

于成龙宦游南北许多地方，而在湖广任职为时最久。黄州士绅百姓感念于成龙的恩泽，筹资在长江岸边的赤壁上建了一座“于清端公祠”。其孙于准从贵州巡抚离任，乘官船顺江而下，去江宁就任江苏巡抚。他想起爷爷曾在赤壁饮酒赋诗的如烟往事，便在黄州码头登岸，盘桓了数日。他看到“于清端公祠”年久失修，墙皮脱落，便捐资请匠人修补，使祠堂焕然一新。

两江地区建有两座“于清端公祠”，一座建在江宁，另一座建在苏州。江宁的祠堂最初选址在天妃宫内，后来又迁到了雨花台，与继任两江总督傅腊塔的祠堂毗邻而建。苏州的“于清端公祠”始建于通阛坊，后因与寺院太近，多有不便，便迁址于江苏巡抚汤斌的祠堂所在的苏州府学院内。如此一来，两位清官廉吏，晨昏相伴，共享香火，倒也不失为一段佳话。

廉吏第一

康熙二十三年入冬，康熙皇帝初次下江南考察，在江宁召见了大学士熊赐履、江宁知府于成龙等人。通过与江宁官员的谈话，康熙了解到马世济弹劾于成龙案的真相。康熙从江南返京后，立即降旨表彰于成龙：

> 原任江南江西总督于成龙操守端严，始终如一。朕巡幸江南，延访吏治，博采舆评，咸称居官清正，实天下廉吏第一。应从优褒恤，为大小臣工劝，其详议以闻。

康熙二十四年四月，朝廷在于成龙入土安葬后，决定举行空前隆重的祭奠仪式。康熙皇帝亲笔撰写了两篇祭文，并由汾州知府张奇在于成龙墓前，代表朝廷当众宣读。

康熙在祭文中给予于成龙极高评价，并表达了深切的缅怀之情。他在第一篇祭文中写道：

> 尔于成龙志笃醇诚，谊敦贞介，甫膺民社，聿著循声，既懋旬宣，弥彰令绩。

在第二篇又写道：

> 惟尔苦节克贞，鞠躬匪懈。真一介之弗取，越数官而弥坚。奄忽云亡，能无悯焉。呜呼！清风未远，长存表德之思；宠恤重颁，丕著旌贤之典。尔灵不昧，其克歆承。

这两篇祭文，皆出自康熙御笔，当然要镌刻于石碑之上，以供千秋万代瞻仰。

康熙皇帝还为于成龙撰写过一篇碑文，毫不掩饰地赞美了于成龙的廉洁淳朴和勤政爱民，他说：

> 尔于成龙，秉心朴直，莅事忠勤，而考其生平，廉为尤著，以故累加特擢，皆朕亲裁。盖拔自庶官之中，洊受节钺之任，尔能坚守夙操，无间初终。古人脱粟布被，或者嫌于矫伪，尔所谓廉，本于至诚。闻尔之风，可以兴起。

康熙对于成龙高尚品质的认可和信任，已经超越或打破了古人笔下关于某些廉洁贤士的记录，指出古时那些“脱粟布被”者，很可能仅仅是“作秀”而已，而于成龙的清廉忠诚，才是肉眼可见的真实存在。

于成龙的长孙于准，从国子监毕业后，受吏部派遣到山东临清担任知州，后来又奉调入京在刑部和户部任职，随后又被外放任江南驿盐道，再转任浙江按察使。康熙三十八年，康熙皇帝第三次到江南巡视考察，在杭州接见了时任浙江按察使的于准，并赐予他亲笔题写的匾额，鼓励他好好向于成龙学习，做一名百姓爱戴的清官廉吏。

康熙四十二年十月，御驾西巡的康熙皇帝，站在娘子关的城头上纵目远眺。他忽然想起了什么，便问一直伴驾而行的于准："从太原府到你的老家永宁州，往返大约有多少路程？"

于准想了想回答："启禀皇上，从太原到永宁州的官道，往返大约五百余里。"

康熙皇帝沉吟半晌，对于准说："朕本想去老总督的墓前致祭，但往返路程太远，恐怕还要惊扰到地方官民，再者你还要远赴蜀地就任四川布政使，时间上太过仓促，这次就不去了。"

于准连忙叩谢皇恩浩荡，康熙亲笔题写了"高行清淬"四个大字，以此旌表于成龙的高风亮节。于准将其镌刻于匾额上，供奉于"于清端公祠"中。

康熙四十六年，康熙皇帝巡视江南时，发现江南各地百姓仍然祭祀于成龙，坊间到处流传着于成龙扫黑除恶、恤民平冤的感人故事。康熙皇帝不由得感慨万千，对已是江苏巡抚的于准说："你爷爷为官一任，造福一方，江南百姓迄今难忘。你在此地为官，更须勤勉努力啊！”

于准忙叩拜道：“微臣累世承蒙皇恩雨露，惟当效法祖考，尽心竭力，鞠躬尽瘁，死而后已，舍此臣无以为报也。”

康熙皇帝对江苏的民风舆情十分满意，为弘扬光大于成龙精神，乃至代代相传，康熙当即泼墨挥毫，题写了一副楹联：

历仕甘棠随地荫，
两江清节至今传。

这幅康熙御书楹联，后来也被供奉于各地的“于清端公祠”中。

熊赐履为于成龙撰写了墓志铭，对于成龙的评价之高，甚至超越了许多古人。他说：

余考传记，三代而后以廉干称者代不乏人，然类多矫饰沽激，流为刻核，以纳于偏畸。故措施建树、表里初终之际，往往难言之。未若公之狷介性成，质任自然，略无矫强刻厉之迹。而诚意感孚，无不服教畏神，不疾而速，直有超越古人之上者。然后叹公为真不可及，而益信诚中形外之为不诬也。

如果说熊赐履和于成龙同朝为官，二人三观相近、意气相投，有些评价难免夹杂个人情感因素的话，那么于成龙去世百年之后的舆评，是否更为客观公正呢?

唐鉴是晚清理学大师，中兴名臣曾国藩就出自他的门下。他在《于成龙为政辑评》中说：

> 先生之清令人畏，令人服，令人感泣，何若是其神也?则以其出于诚也。真体真用于是乎见之。夫而后知先生之《政书》，即先生之学案也。天下之言清者，孰如先生?天下之言勇者，又孰如先生?曰仁曰诚，先生可无愧矣。先生，吏者之师也。

唐鉴生活的年代与于成龙相距一百多年，与于成龙家族既不沾亲也不带故，个人情感因素可以完全排除。他把于成龙视为“吏者之师”，并认定于成龙品质超群绝伦，论清廉、论勇毅、论仁德、论心诚，不仅兼而有之，而且环视天下，竟无出其右者。唐鉴认为，于成龙平生从不以理学自相标榜，在人前也很少谈论理学，但他却把理学付诸行动，是真正的“知行合一”的理学大家。

康熙一朝，整饬吏治中，费力最多且最具特色的，当数表彰扶植清官的措施。康熙认为：

世风浇漓，人皆不能洁己自爱，故今日求操守廉介之人甚难，或仅能自守，而其才不克有为，当理繁治剧之时，又苦于不能肆应，可见人才之难也。

由于康熙奖掖廉洁，为社会树立了良好的榜样，清官逐渐形成一支较为强大的政治力量，接连出现了两江总督傅腊塔、直隶巡抚格尔古德、闽浙总督王骘等一批清官。

康熙不仅积极扶植清官，而且经常激励官员们争当好官，并引导更多的官员向清官学习。他说："人能做好官，不惟一身显荣，且能光宗耀祖，否则丧身辱亲，何益之有?"把当好官、当清官与个人和家族的荣辱连在一起。他长期致力于发现清官、扶植清官、奖掖清官，都是力图以良吏来实现政治的清廉，以巩固封建统治。由于吏治相对澄清，正气得以抬头，社会相对安定，经济日渐复苏，可以说康熙朝吏治的成效为清代康雍乾盛世的出现奠定了一个良好的基础。

于成龙

【当代启示】

于成龙从四十五岁踏上漫漫仕途，到六十八岁逝世于两江总督衙门大堂，在短短二十三年的时间里，他从吕梁深山里的一介书生华丽转身，变为康熙皇帝眼中最为干练的“天下第一廉吏”。历史唯物主义和辩证唯物主义，都不否认“天赋异秉”的存在，而在于成龙朴实无华的外表之下，其历史主动精神的内核与人格品质，始终闪烁着异乎寻常的耀眼光芒。从“万里惟余一身，生死莫能自主”的罗城知县，到“驱驰王事入彭川，旅舍神宫辞旧年”的合州知州；从“民变迭起，揭竿啸聚，单骑招抚，手刃四十八人”的黄州知府，到“平反冤狱，简讼省刑，除蠹安民”的福建按察使；再从“日行乡野，广咨民瘼，夜理案宗，开仓赈民”的直隶巡抚，到“兴利除弊，移风易俗，兴学重教”的两江总督；于成龙苦心孤诣，披肝沥胆，呕心沥血，究竟走过了怎样一段刻骨铭心的心路历程？

于成龙富有传奇色彩的宦游生涯，确系世所罕见，堪称清朝初期令朝野上下、万众景仰的政治巨星。于成龙的传奇人生，如同暗淡夜空中一闪而过的耀目流星，留给世人难以释怀的深深思考。究竟是于成龙这样一批清官廉吏，成就了空前强盛、傲视寰宇的康熙王朝；还是那个风起云涌、人才辈出的时代，成就了一介书生的人生梦想？于成龙这样的清官廉吏到底是怎样炼成的？他的辉煌人生纯属偶发事件，根本无法复制；还是事出有因，背后确有客观存在的历史规律可循？我们从中应该汲取怎样的历史主动精神和治国理政经验？

清朝初期政治生态透视

俗话说，一方水土养一方人。这里所谓的“水土”，其实就是指一个完整的生态文明系统。明代修筑的万里长城，基本上可以看作是中国游牧文明系统与农耕文明系统的分界线。在漫长的人类发展史上，这两大文明系统不断发生碰撞和挤压的同时，也不断发生融合和重构，在你中有我、我中有你的反复

“洗牌”中，不断更新历史的坐标方位，选择更具活力与生机的生态文明系统。

康熙深受儒家思想影响，也深知民心是最大的政治，是大清王朝的执政基础，只有争取到广大百姓的拥护，大清王朝才能实现长治久安。康熙清楚地记得管子的警世名言：“与天下同利者，天下持之；擅天下之利者，天下谋之。”康熙亲政后，消除了以鳌拜为首的辅政大臣的影响，逐渐稳固了以皇帝为中心的从中央到地方的政治体系。但是，康熙发现，清朝入主中原以来，种种积弊和腐败问题丛生：经济上结伙贪污，政治上拉帮结派。

康熙和他的股肱谋臣们都深刻地认识到，吏治不修，不仅危害平民百姓，而且终将危及江山社稷。魏象枢在奏折中说：

> 窃念国家之根本在百姓，百姓之安危在督抚，故督抚廉则物阜民安，督抚贪则民穷财尽。

康熙与熊赐履谈话时曾说：

> 民生不遂，由于吏治不清。长吏贤，则百姓自安。

又说：

> 夫国赋出于民，有一民斯有一民之赋，若不抚辑招徕，地方何由底定。

从明朝亡国的惨痛教训中，康熙认识到，吏治不严，恐怕难免重蹈亡明之覆辙。整饬吏治的第一步，就是着手相关制度的设计，首先是官员的考核选拔制度。清朝初期承袭明制，对文职官员实行五年一度的“京察”和三年一度的“大计”制度。京察主要考核在朝京官和督抚大员，大计则主要考核外任的三品以下官员。康熙按制度定期考核官吏，严格实行奖惩，对防止官吏腐败、提高官吏素质起到了积极作用。

据统计，从康熙二十三年至康熙晚期的三十多年里，大批不称职的官员受到处理，约一千五百多人因“才力不及”和“浮躁”被降职调用，还有一千五百余人因“不谨”和“罢软无为”而被革职；而因廉洁奉公受到表彰提拔的有七百余人，因贪酷不法被罢官惩处的有五百多人，因老病被勒令休致的有两千六百余人。

康熙在官吏的考核选拔方面，也加强了制度层面的管控。清代官吏的身份获得，有“正途”和“杂途”两条途径。正途是指由科举或贡监而做官的，构成当时官吏的主体；而由捐纳、荫袭、吏胥迁秩进入官场的，统称为杂途。相对而言，杂途人员来源复杂，素质参差不齐。康熙认为，要澄清吏治，就必须重视选拔，对杂途人员则须严格限制。康熙十九年，清廷议准：汉官非正途者，虽经保举，亦不准参加吏部考选；同时规定：捐纳、贡生不得与正途出身者等同考选。为了避免在考选中徇私舞弊，对京官三品以上及总督、巡抚子弟，规定不准考选；同时规定，凡大计定为“卓异”者，必须确实符合“无加派、无滥刑、无盗案、无钱粮拖欠、无仓库亏空银米，境内民生得所，地方有起色”等条件。另外，朝廷对任官回避制度以及对招徕民户、劝垦荒地、钱粮赋税、民刑盗案等制度，也进行了调整和细化。

康熙考察验视官吏的办法很多，包括引见、陛辞、出巡、密奏等。对于委任的一般州县官员、题补武官、被参官员保举人员等都予引见，亲自提问，“亲验补授”，并给予指示；如果发现庸劣者，便予以罢斥。康熙要求新任命的总督、巡抚和各省其他文武官员离京赴任前，必须入宫向皇帝辞行，叫陛辞。这是康熙当面考察官员的另一有效措施。

康熙经常利用出巡的机会考察各地官员履职情况，这样的出巡除了六下江南的南巡外，还有北巡、西巡等。康熙二十三年九月，康熙第一次南巡，其目的是“体察民情，周知吏治。”十一月十一日，行至淮河流域的宿迁县，他发现漕运总督邵甘有问题。邵甘辩解说自己是满人，“不免为众所忌”。康熙访察后，掌握了邵甘确有怠政渎职的问题，便果断给予其撤职的处分。康熙二十八年正月初四至三月十九日，康熙第二次南巡。回京之后，他根据考察所掌握的情况，立即下旨任免了一批高级官员。漕运总督马世济，因才具庸常，不能胜任，被勒令休致。马世济在担任都察院副都御史时，曾勾结大学士纳兰明珠、江苏巡抚余国柱等人，上疏弹劾于成龙，导致于成龙被无辜议罪，降职留任。

在整饬吏治中，康熙费力最多且最具特色的，当数表彰扶植清官的措施。他认为：

> 世风浇漓，人皆不能洁己自爱，故今日求操守廉介之人甚难，或仅能自守，而其才不克有为，当理繁治剧之时，又苦于不能肆应，可见人才之难也。

由于康熙奖掖廉洁，为社会树立了良好的榜样，清官逐渐形成一支较为强大的政治力量，于成龙之后接连涌现出两江总督傅腊塔、直隶巡抚格尔古德、闽浙总督王骘等一批清官。

康熙不仅积极扶植清官，而且经常激励官员们争当好官，并引导更多的官员向清官学习。他说："人能做好官，不惟一身显荣，且能光宗耀祖，否则丧身辱亲，何益之有？"把当好官、当清官与个人和家族的荣辱连在一起。他长期致力于发现清官、扶植清官、奖掖清官，都是力图以良吏来实现政治的清明，以巩固封建统治。由于吏治相对澄清，正气得以抬头，社会相对安定，经济日渐复苏。可以说，康熙朝吏治的成效为清代康雍乾盛世的出现奠定了一个良好的基础。

从于成龙入仕以后的宦游经历也不难发现，清朝初期的政治生态总体上讲还是比较健康的。否则，以于成龙的副贡出身和寒微的背景，要通过二十多年的埋头苦干，想实现从七品知县到从一品封疆大吏的人生飞跃，几乎是不可能完成的。如果说于成龙在广西遇到了巡抚金光祖、总督卢兴祖两位大贵人，一举“卓异”，得到了提拔，是因为运气太好、老天照应的话，那么他在四川遇到巡抚张德地，在湖广遇到巡抚张朝珍，在福建遇到总督姚启圣、巡抚吴兴祚以及康亲王杰书，还有给予于成龙深刻影响的熊赐履、陈廷敬这些人，不可能都是出自偶然因素的作用。这样一批封疆大吏、股肱谋臣的所思所想、所作所为，以及他们对于成龙的深情厚谊和鼎力支持，足以反映清朝初期的政治生态的健康状况。

从于成龙三举“卓异”的情况分析，不难得出这样的结论，即清朝初期大多数督抚级高级官员，还是有底线、有原则、顾大局的。甚至可以说，在清朝初期，以金光祖、张朝珍为代表的封疆大吏，都是讲“天理”，有“良心”的正人君子。没有他们的保护与提携，于成龙就算有三头六臂，也很难脱颖而出。于成龙去四川合州上任临别时，金光祖语重心长地对他说：“本院知你淡薄自甘，治罗有方，清廉卓绝，上疏朝廷，立意广西只荐举你一个卓异。国家正值用人之际，你就去吧，舍小家而为国家，乃仁人君子之道。”当然，更为难得的是，在于成龙披荆斩棘、艰难前行的仕途上，又遇见一个洞察秋毫、赏罚分明的明君英主。如果没有康熙的两次“特简”，恐怕也没有于成龙这位清官廉吏的辉煌人生。

在不断重塑与超越中升华

于成龙，一介寒士，通过二十几年的摸爬滚打，跻身于清朝初期的封疆大吏群体，成为百姓爱戴、彪炳史册的一代廉吏，他的人生观、价值观和世界观发挥了不可或缺的决定性作用。于成龙历史主动精神的形成，与他青少年时代受到的中国优秀传统文化的教育熏陶有着极其密切的关系，而他锲而不舍的顽强意志和执政为民的高尚品格，则来自从政以后日复一日不断的磨炼与长期的积累，并在不断超越、不断重塑中获得人格升华。

《周礼·天官冢宰·小宰》中提出了作为官吏的六条道德标准，即“廉善、廉能、廉敬、廉正、廉法、廉辩”。在善、能、敬、正、法、辩六项能力品质之前，都冠以一个“廉”字，突显了中国古代优秀传统文化的理论特色和道德追求。身为廉能兼备的官吏，于成龙自幼在父亲于时煌的严格要求之下，熟读《大学》《中庸》《论语》《孟子》等儒家经典和宋明程朱理学著作，接受了以廉为本、以廉为魂的教育。

宋元以后，迄于明清，“四书”一直是官方确定的学校教材和科举考试的必读书籍，对中国古代教育和人才培养产生了极大影响。其中《大学》着重讲述了提高个人修养、培养良好的道德品质与治国平天下之间的重要关系。中心思想可以概括为“修己以安百姓”，并以三纲领“明德、亲民、止于至善”和八条目“格物、致知、诚意、正心、修身、齐家、治国、平天下”为主旨。“三纲领”是讲要弘扬光明正大的德行，不断努力进步，塑造高尚的人格，以达到最完美的人生境界。“八条目”则是对理想人生的集中概括，并设定了八个逐级递进的人生阶段和努力方向。“三纲领”和“八条目”把个人修为、人生价值与家国情怀有机融为一体，勉励每一位志士仁人都要努力学习，由内而外地修身养性，把自己造就成国家栋梁之材。

如果我们对照于成龙学习、生活和宦游的人生轨迹，就不难发现，他的人生之路与儒家经典对成功人士的程序设定极其吻合，绝对堪称那个时代的事业成功人士。童年启蒙阶段“格物”“致知”，少年时期“诚意”“正心”，青壮年时“修身”“齐家”，由中年步入老年阶段“治国”“平天下”。于成龙一步一个脚印往前走，一个平台接一个平台提升，准确而完美地按照《大学》设定的人生路线图，实现了那个时代平民知识分子人生价值的最大化。

于成龙青少年时代的读书生活，应该一直处于其父的严密督导之下。基于中国传统教育制度的设计理念，围绕经史子集各类书籍的海量阅读，一方面让于成龙汲取到足够的文化营养，开阔了胸襟视野；另一方面也使他对传统教育的理念有了自己的理解和想法。他似乎并不愿意走父亲的老路，做一个成天只在书房咬文嚼字、吟诗弄赋的“宅男”。于成龙在与父亲交流时，曾一本正经地讲了自己的一番心得体会，他说：“学者要识得道理，从头做去，诵咏呻吟，有何用哉！”这番话在于时煌看来未免有些少年轻狂，少不得也要揶揄几句。而于成龙却拿李白的诗《嘲鲁儒》说事儿：“鲁叟谈五经，白发死章句。问以经济策，茫如坠烟雾。”以此佐证死记硬背圣贤书，其实毫无意义。

于成龙读书时喜欢思考，很擅于归纳总结。在与父亲探讨儒家经典要义时说，四书五经诸子百家所有的学问归纳起来，无非“仁义礼智”四个字。这种话竟然出自一个懵懂少年之口，不能不让于时煌感到十分震惊和疑惑，甚至有点怀疑人生了。

由此可以看出，一方面，于成龙年纪虽小，却善于透过纷繁复杂的现象，抓住事物变化的本质和规律；另一方面突显了他无所畏惧、大胆直言的性格特征和人生态度。步入仕途以后，在尔虞我诈、虚情假意的官场上，这种刚直不阿、爱憎分明的性格，既让他得罪了不少阴险小人，也让他赢得了许多正人君子的敬仰和认同。

宋明以来的程朱理学，不仅被官方主流意识形态奉为圭臬，而且逐步形成了高度系统化的哲学及信仰体系。身居永宁儒林的乡绅于时煌，当然也十分重视对程朱理学的研学和传承。他让于成龙精读《二程全书》《朱子语类》等典籍，甚至要求他达到烂熟于心、倒背如流的程度。而年仅十七八岁的于成龙却显得颇为“另类”，他对学理深奥的程朱理学有自己的解读，将其核心思想高度提炼概括为四个字：“天理良心。”于时煌当然不能完全同意这种极具个性化色彩的观点，但此事亦足以让他对这个儿子另眼相看了。于时煌不可能不知道王阳明，但让他深感困惑的是，儿子的这番高谈阔论，怎么跟一百多年前的那个离经叛道、自说自话的王守仁（又称王阳明）如出一辙呢？

事实上，于成龙深受明朝心学大师王守仁“知行合一”思想的熏陶和影响。于成龙生活的年代与王守仁相距一百四十五年，但纵观两人一生的所思所想、所作所为，甚至连最后的官职（一为两江总督兼兵部尚书、都察院右副都御史，一为两广总督兼巡抚、左都御史），都颇为相似。王守仁后来成为明代心学的集大成者，“姚江学派”的领军人物，他认为学以“心”为宗，提出“心即理”的命题，认为“良知”即“天理”，强调人应该从内心去体察天理。而于成龙认为，所有的道德规范和法律法规，都不可能逾越“天理良心”四个字，包括士农工商三教九流各色人等，都应该秉持“天理良心”去做人做事。

于成龙终其一生，坚持学以致用、理论与实践必须相结合的治学理念，他坚信“学者苟识得道理，埋头去做，不患不到圣贤之地”。后来，他用一生治国理政的实践经验，对其治学理念做出了令人叹服的完美诠释。

康熙皇帝从“知行合一”的观点出发，提倡学以致用，言行一致。他指出：“学问无穷，不徒空言，惟当躬行实践。”他结合自己读书的体会说：“明理最是紧要，朕平日读书穷理，总是要讲究治道，见诸措施。故明理之后，又须实行，不行，徒空谈耳。”又说：“理学之书，为立身根本，不可不学，不可不行，若以理学自任，必致执滞已见，所累者多。凡人读书，宜身体力行，空言无益也。”由此可见，康熙所追求的是“知”和“行”的高度统一。他曾在公开场合表扬于成龙，说：“理学无取空言。如于成龙不言理学，而服官至廉，斯即理学之真者也。”作为有清一代有思想、有担当、有抱负的大政治家，康熙皇帝为清初的“经世致用”之学的兴起，为于成龙这样既有远见卓识，又勇于开拓创新的官员开辟了广阔的事业空间。

于成龙一生都在逆境中打拼，在险象环生的道路上砥砺前行，在不断重塑和超越中获得升华。四十五岁之前，于成龙在科场上屡试不第，人生失意，备受煎熬。好不容易盼得云开日出，以掣签获得了难得的入仕机会，岂料竟被派遣到偏远的烟瘴之地广西罗城县。尽管行前他有“义不辞难”的豪言壮语，还有“不以温饱为志，誓勿昧‘天理良心’四字”的心理准备；但在历尽艰辛到达罗城时，他还是无法掩饰内心的极度惊恐与悲哀，后悔之情溢于言表："哀哉！此一活地狱也！胡为乎来哉！"然而，"悔无及矣"，鉴于在他之前的两任知县一死一逃，求生的本能让陷于绝境的于成龙打起了退堂鼓。但辞职报告如泥牛入海，万般无奈之下，于成龙说："事到万不得已之时，只得勉强做来。"

正如兵法所谓"置之死地而后生"的道理，冷静下来的于成龙，心如止水，别无他求。他毅然决定既来之则安之，好好在罗城埋头苦干他几年，只要不违"天理良心"，生死成败皆可置诸脑后。巨大的人生挫折，再一次砥砺着于成龙的心灵与意志，让他在绝境的痛楚中获得理性的顿悟与升华。

调查研究永远在路上

为什么于成龙每到一地任职，都能够迅速采取有力举措，极有针对性地"对症下药"，解决当地最棘手、最难缠的痼疾，从而在最短的时间内赢得民心？关键就在于他掌握了一套行之有效、放之四海而皆准的工作方法，而这个方法的核心就是调查研究。据《清史稿》记载，于成龙"好微行，察知民间疾苦、属吏贤不肖"。就是说，身为官员的于成龙，喜欢脱下官服、穿上便装，去搞调查研究。

初到罗城时，他在调查中发现，当地百姓吃盐极其困难。后来经过进一步深入走访调查，发现食盐短缺不仅是罗城一县的问题，而是涉及广西全省千家万户的大事情。于是，于成龙在康熙元年，向广西布政使金光祖建议，采取“区划户口食盐法”。这个方法被采纳实施后，初步解决了百姓吃盐难的问题。但是，由于“盐引”的存在，盐商受到层层盘剥，百姓吃盐的成本仍高居不下。

康熙三年，广西布政使金光祖，已升任广西巡抚了。于成龙经过认真调查研究，找出了阻碍罗城及广西经济发展的重大症结，并撰写了《条陈引盐利弊议》，给巡抚衙门提出三项合理化建议，即禁官运、革埠商、便流商。金光祖认为，于成龙的建议一针见血，切中时弊，立即予以批准，并下令先在罗城县做试点，然后再在广西全省各府州县推而广之。这一利好政策的贯彻落实，给罗城和广西各地的经济注入了新的活力，使广西经济日趋富庶繁荣。

于成龙异常注重调查研究工作。为了获取基层老百姓生产生活的第一手资料，了解百姓的疾苦和诉求，于成龙经常坐着一架竹滑竿下乡，到田间地头考察访谈、嘘寒问暖。作为一位来自北方贫困山区的县级官员，于成龙对种庄稼其实并不陌生。他看到罗城县与永宁州种植的农作物大不相同，罗城县以水稻种植为主，而永宁州以谷子、玉米、高粱等耐旱作物为主。于成龙朴实无华、平易近人，与以往高高在上的县太爷大相径庭，深受罗城各族人民群众的欢迎与爱戴。正如《清史稿》所载："居罗山七年，与民相爱如家人父子。"于成龙下乡劝农时，看到谁家的庄稼长得好，就表扬鼓励一番，让左邻右舍都向这家人学习取经。在各种奖勤罚懒措施激励下，罗城人民的劳动积极性大大提高，罗城的面貌发生了巨大变化，呈现出"禾穗被野，牛羊满山"的喜人景象。

清朝初年，全国各州县在征收赋税过程中，普遍存在加征"火耗"的问题，各地老百姓深受其苦，但又不得不缴。于成龙从罗城知县做起，再转任合州知州、黄州知府、福建按察使，乃至直隶巡抚、两江总督这样的封疆大吏，"火耗"问题始终是于成龙调查研究工作中的重中之重。在罗城县每年征收赋税时，身为父母官的于成龙，会亲自坐镇，全程现场监督征收赋税情况。于成龙要求师爷、衙役等人，必须使用户部统一颁发的砝码、升斗称银称粮，绝不允许在度量衡上暗做手脚，明里暗里加收毫厘。

于成龙在直隶做巡抚时，深入州县基层调查研究，发现直隶地区的"火耗"问题尤为严重，"有加二者，有加三者，有明虽加一而暗实加三者。"于成龙决心加大整治力度，力求从根本上加以解决，亲自撰写颁布了《严禁火耗谕》。他在谕文中怒斥直隶州县的贪官污吏，说他们"种种窃脂之行，无异窃盗，相沿成风，恬不知怪"；要求其"洗心涤虑，痛除积习，毋额外以横征”；警告他们“忍心害理，祸必不远，天道好报，决不爽期”。与此同时，他要求直隶所属各州县，坚决杜绝加征“火耗”的现象。随后又相继发布了《严禁馈送檄》《饬查劣员檄》，经于成龙本人及各道官员明察暗访，全省共计查办了近百名贪官污吏。

青县知县赵履谦，阳奉阴违，顶风违纪，不但加收了三千多两“火耗”银子，还贪污了一千多两朝廷赈济灾民的专项资金。通过周密的走访调查，于成龙掌握了赵履谦违法犯罪的材料，亲自起草奏折，弹劾赵履谦，将其依法查办罢官问罪，这件事甚至惊动了康熙皇帝。

康熙二十年二月五日，于成龙奉诏入宫觐见时，康熙表扬于成龙说：“上次你参劾知县赵履谦，办事非常得当。”于成龙回答说：“赵履谦过而不改，微臣实在不得已才参劾他。”从现有史料文献来看，这位因违规收取“火耗”被查办的青县知县赵履谦，应该是于成龙担任封疆大吏以后，弹劾查办的唯一违法官员。

当前，我们正面临百年未有之大变局和实现中华民族伟大复兴的关键时期，历史机遇和风险挑战并存，一系列重大问题亟待深入破解。因此，必须进一步重视和加强调查研究，拓展调查研究的途径、方式和载体，运用调查研究成果，制定符合实际的政策举措，解决好人民群众最关心的最直接最现实的利益问题，解决好改革发展稳定的重大问题。

于成龙

【箴言警句】

正惟一家有教，一国观感。相习成风，而仁让兴焉矣！

读书明理者，以养志为先。

莫谓神明当敬也，敬神明不如敬心；莫谓此心可欺也，欺此心即是欺天。

心存正直，天知神敬；心存欺诈，鬼祸灾生。

勿谓些小之善不足纪，善念一生，天必降之福；

勿谓些小之恶不足畏，恶念一生，天必降之灾。

凡事不可做尽，人力不逮于我，不可穷人之力。人势不及于我，我不可使尽其势。

人终身认一个“忍”字。小不忍，则乱大谋。忍得一分，受用一分。父子不忍，则乖天伦；兄弟不忍，则成吴越；夫妻不忍，则鱼水反目；朋友不忍，则气谊参商；居家不忍，则乖气致戾；世情不忍，则变起仇敌。

居心不可刻薄。天地长养万物，只是一个仁，仁则并包无外。今人当处处以仁存心，所见、所行、所言，自无暴戾之习，纯是一团蔼然和气，福慧油然而生。

钱财盈丰，千仓万箱，不过属你管辖，不可看作万年不拔之基。若遇好事不做，遇贫难不施，不过一守财虏耳。

致富由勤，人尽知之。我谓“公道”二字，乃致富之要诀。

夫妇之间，当思一“敬”字。梁鸿、孟光之举案齐眉，千古称为美谈，敬而已矣！如今夫妻反目不和，只为太狎。太狎则不敬，不敬则变生莫测矣！

居家要俭，当念钱财非易。衣服饮食，惟期适口充身，不可浪费。

种田不离田头，深耕易耨，是其本分。勤得一分，多得一分之利。

士子幸而上达，身虽贵显，居家切要勤俭，不可奢靡。待人务宜谦光，不可骄傲。

我此行绝不以温饱为志，誓勿昧“天理良心”四字。

学者要识得道理，从头做去，诵咏呻吟，有何用哉？

荒徼皆吾民土，惟国家所使。人生仕宦，岂择险易哉？且罗城可遂无官耶？

君命也，独不闻义不辞险也。

人命关天，此等事岂敢鲁莽。若是误杀一人，当偿人一命。

日节一口，月积一斗。

一己之功名事小，百姓之残害、地方之扰乱事大，天理良心，安可以一己功名竟置百姓、地方于不问也？

人心易摇，且以静示静，镇定民心。

耕问诸农，织问诸婢，必然之理。一身之精力有限，众人之耳目无穷，各执事分办于下，一人察核于上，但不可过疑，亦不可过信。

讼狱为民命攸关，听断谳决，务合情罪，使民无冤，然后能使民无犯。

国家之安危，由于人心之得失，而人心之得失在于用人行政，识其顺逆之情而已。

累万盈千，尽是朝廷正赋，倘有侵欺，谁替你披枷带锁？

一丝半缕，无非百姓脂膏，不加珍惜，怎晓得男盗女娼？

吾生来无他，嗜好布衣蔬食，衣食者免饥寒足矣。

吾不知世界有享受之事，亦不知馈赠交际有何用？计俸入则自给有余，要钱有何用哉！

山到穷时，现许多峭壁层崖，权富贵功名，何似林禽野兽。

路逢狭处，经无数行云流水，任盘桓谈笑，休辜翠竹苍松。

天下无难事，只怕不用心。若将向百姓要银子的这副心肠，用在拿强盗上，何事不成？地方官一心做起来，贼无容身之地，何愁地方不太平？

忍心害理，祸必不远。天道好报，决不爽期。

爱功名而爱百姓，既可以不愧衾影，复可以无惭职守，明有循良之誉，幽有阴骘之报。

天地之生财，止有此数，过用则易竭，奢费必不可支，且暴殄狼藉，凶扎随之，必然之理也。

能节一粒则节一粒，能节一分则节一分。日积不见多，而岁积则日盈，苟逢水旱灾荒，未必致捉襟而肘露也。

行廉守职难矣！天下尽是些华表其外败絮其中之人，但知求目前尺寸之利而遂私心，不知无穷之弊贻害于国民。

部院臣工，大都油头滑脑，缄默依呵，人云亦云。封疆大吏多以老成慎重之名而护己尸位素餐之实。

君子做事虽如青天白日，然常思祸从天降，波自地生，真是三人成虎，人言可畏。

天不可欺，地不可哄，誓不昧天理良心。

草木禽鱼，皆有生命，不可恣意杀伐，况人为万物之灵，其肌肤手足，悉胞与也。

人不幸而涉词讼，又不幸而于词讼中受刑法，虽十分不可宽，必须求一分稍可宽处。

夫长吏近民，虽自己足食，尤当思民之无食者。自己披衣，亦当思民之无衣者。

无功于国，无德于民，若华衣美食，与盗何异！